光文社文庫

やせる石鹸（上）
初恋の章

歌川たいじ

光　文　社

目次

やせる石鹸（上）　初恋の章

プロローグ

そのカレー屋は、女性に大人気とか雑誌に書かれるような店じゃなくて、不機嫌そうな男たちがひとりで入って黙々とカレーを食べて帰るみたいな店だったの。その時もね、6割ぐらい席が埋まってたんだけど、お客さんは「食べることに楽しさ要らないから」ぐらいの顔つきの男ばかりだったわ。

店じゅうカレーの匂いに満たされていたところに自動ドアが開いて、生ぬるい風が入ってきた。30歳ぐらいの女店員が「いらっしゃいませ」と声を出したわ。

逆光にくらむ女店員の視界の中に現れたのは、ヒグマのような体型の巨デブ女だった。ヘンゼルとグレーテルのお菓子の家を一瞬でサラ地に変えそうな、巨大デブよ。

巨デブは巻き巻き髪で、黄色いムームードレスを着ていたわ。ばっちりアイメイクをした目の奥におそろしげな光をたたえていて、女店員は「巨デブのゾンビみたい」と思ったの。ゾンビと化した巨デブの女がカレーの匂いに惹(ひ)かれて店に入ってきた、そんなふうにしか見えなかったのね。

まぁ当然だけど、巨デブ女はゾンビではないから、客の誰かの喉笛（のどぶえ）に齧（かぶ）りつくことはなくて、ちゃんとひとりで空席を探して席に着き、メニューを見はじめた。女店員は平常心を取り戻したわ。

「巨デブって年齢がわからないな」と思って、じろじろ見ないように注意しながら、いろいろチェックしてみたの。シミはないし、髪の分け目も薄くない。白い合皮のバッグにストラップをじゃらじゃら下げてる。そんなにばばぁじゃないはず。二十歳とかそのぐらいかもと思えたわ。

「この、唐揚げカレーひとつ」

女店員が巨デブのそばに行くと、巨デブは中華まんに派手なネイルが突き刺さったみたいな手でメニューを指差して注文したわ。ヒグマみたいな巨体なのに声がなんか、声優の美少女ヴォイスみたいな作り物っぽい声で、ちょっと違和感があった。「かわいく思われたいんだったら、てめぇまずやせろよ」とか誰かに言われたりしないのかなと、女店員は思ったの。

「大盛りで」

巨デブは声をひそめて、そうつけ足してきたわ。そして、プラスチックのチャームがたくさんついたネイルで携帯電話をいじりはじめた。

　女店員はキッチンにオーダーを通すと、ふとカウンター席の男性客が見ているタブレットPCに目をやったの。男性客がSNSに、「カレーって食欲に支配された巨デブに向いてる食事だよな、待たなくていいし」と投稿しているのを想像して、ちょっとニヤついてしまったのね。

　そのうちキッチンから出来上がった唐揚げカレーが差し出され、女店員はそれを巨デブの席に運んで行ったわ。

「唐揚げカレー大盛り、お待たせしました」

　女店員は、なかなかいい発声で言えたなと思いながら、自分の顔をガンと見てきた巨デブにさらに笑顔を向けたの。そして、「ごゆっくりどうぞ」と言ってカレーの皿を置き、サービスカウンターに戻っていったのね。相手が巨デブであってもにこやかかつ丁寧に接客できた自分を、ちょっとほめたい気分だった。

　巨デブは女店員の笑顔をにらみながら、胸中でつぶやいていたわ。「この女、人が小声で大盛りでって言ってるのに、なに店じゅうに轟(とどろ)くような声で大盛りお待たせしましたとか言ってんだ死ね」と。そして、しないほうがいい妄想をはじめてしまったの。店にいる男性客が一斉に、携帯電話やタブレットでどこかに投稿してる妄想よ。

やっぱ巨デブは大盛り
わかりやすい巨デブいた
なるほどな巨デブいた
飽食ニッポン、やばいわこれは

実際、彼女が大盛りを注文したことなど誰も気に留めてはいなかったのかもしれない。でも、子どもの頃から受けてきた、巨デブであることに由来する数々の侮辱の記憶は、そんな妄想を火種として山火事みたいに燃え上がっちゃうのよ。

女店員の顔にカレーをぶちまけてやりたい衝動に駆られながら、巨デブは唐揚げカレー大盛りを全部たいらげた。食べ終わると携帯電話を取り出して、ネイルの指でブログを書きはじめたわ。

「唐揚げカレーとだけ言えば別にいいものを、わざわざ大盛りとか大音量で撒き散らされた。この女は悪意で満たされた腐れ毒婦なのか、荒馬のような無神経女か、うすらばかの下等動物なのだろう。しかも、歯ぐきブス。この女は、悪意か無神経かうすらばかか、それとも歯ぐきか、いずれかのせいで一生幸せになれないだろう」

1

地下街の一角にあるそのランジェリーショップは、そこだけ布の花が咲き乱れているみたいだったわ。チェリーの色、チョコレートの色、ターコイズの色、チェック、水玉、レース、ビーズ、リボン、そしてリボン。

おそろしく腰がくびれたモデルが下着姿で妖艶(ようえん)にほほえむポスターが、柱という柱に貼られていたの。夕方だったから店が混みはじめてきていて、女性客がうろうろ物色していたわ。タカラジェンヌみたいなつけ睫毛(まつげ)をつけた店員が、お客に話しかけるタイミングを背後からうかがっていたのね。

そこに現れたのが、たまみだった。

たまみは、お菓子の家どころか魔女まで飲み込んでしまいそうな巨デブなの。だけど、顔にはつぶらなタレ目とおちょぼ口がついていて、服装も平凡なパーカーにデニムのスカートみたいな感じだったから、ゾンビみたいには見えなかった。カレー屋の巨デブとは同じ「巨デブ科」でも、「属」とか「目」とかが違う感じだったのね。巨体のくせに髪にホルスタイン柄のヘアゴムをつけているのは、いかがなものかなんだけど。

たまみの横幅はドア1枚ぶんぐらいあったわ。球投げの的だとしたら、サルが投げても絶対命中するぐらいのでかい的なの。それなのに、つけ睫毛の店員は全然たまみに視線を当てなかった。見てはならない、見てはならないと、呪文のように脳内で唱えてるような顔をしてたわ。ほかのお客さんに話しかけるチャンスを窺うつけ睫毛に、たまみはお客でありながら、必死に話しかけようとしたのね。でも、なかなかチャンスは摑めなかった。というか、つけ睫毛が全然チャンスをくれなかったの。

つけ睫毛は徹底して、たまみに目をくれなかったわ。こんな巨大な生物に凝視されて無視するなんて無理なんだけど、つけ睫毛は態度を変えることはなかったの。頼むから空気を読んで出てってくれよぐらいの思念波を出してたのね。

「あの……」

巨体に似合わない小さな声を出したたまみだったんだけど、それでもつけ睫毛はこっちを向いてくれなかった。聞こえなかったのか聞こえてないふりをされたのか、たまみにはわからなかったわ。

「あの、すみません」もう一度、この店に自分が着られる下着なんてないことはわかってるんですという気持ちが伝わるように祈りを込めて、たまみが声を発した、そのときよ。

目がぎょろっとした30代ぐらいの女が、「すいませーん」と、やけにハリのある声をかぶせてきたのね。たまみにくらべたら規模的にはぜんぜん小さいんだけど、そこそこのデブだったわ。たまみが巨デブだったら、その女は中デブって感じだった。さすがにつけ睫毛も、野球場のビール売りですかぐらいの大声で呼ばれちゃったもんだから、無視するわけにいかなかったのね。「いらっしゃいませ、こんにちは」つけ睫毛をぱたぱた動かしながら笑顔を作っていたわ。

「あたしでも着られるものって、なんかありますか?」中デブがそう言うと、つけ睫毛は「そうですね、少々お待ちいただいていいですか」と笑顔で答えてた。「ねえよ」の3文字を言えたらどんなにいいだろうと、顔に書いてあったけどね。

つけ睫毛は憂鬱(ゆううつ)な顔でちんたらと探すふりでもするのかと思ったら、そうじゃなかった。意外にも、もうひとりの店員と協力しながら真剣に探しはじめたの。

「倉庫にフォンティーヌの赤があったよね」とか「赤だけじゃなくて茶色もなかったっけ」とか、そんなことを言い合いながら走り回ったのよ。

中デブのためにわき目もふらず下着を探すつけ睫毛は、別に冷たい人なんかじゃないんだなって感じがしたの。真面目な人なのよ。お客さまとして迎えた以上はがっかりさせたくない、お客さまにかわいい下着でハッピーになってほしいって常々思っているのが、小走りの足どりにあらわれていたの。

たまみを無視しようとしたのは、お客さまとの誠実な関係性のスイッチを入れたくなかったのね。たまみに対していくら誠実になっても、この店にたまみが着られるものなんて1枚もない。どのみち、落胆させてしまうわ。お客さまのそんな顔を見たくなかった。彼女は、相手の痛みを自分の痛みにしてしまうやさしい人だったのよ。

「すみません」つけ睫毛は泣いているような笑ってるような顔になって戻ってきた。両手にはブラとショーツがぶら下がったハンガーを持っていたわ。「探してみたんですけど、今日は、今日はなんですけどね、これかこれしかないみたいなんです」

つけ睫毛はそう言うと、中デブに向かってクリーム色っぽい下着とサーモンピンクっぽい下着を差し出したのね。

「ああ、かわいいんだけど、あたし色黒だからこの色は無理かもね」中デブは残念そうな顔になって、そう言ったわ。つけ睫毛は「いやいやいやいやいや」と言ったんだけど、完全に「ですよね」的な空気を出していて、「試着してみませんか」とは言わなかった。

店内や倉庫を駆けずり回ったつけ睫毛の額に汗が浮かんでいるのを見て、たまみはいたたまれなくなって店から出てしまったの。

たまみが巨体を揺らしてランジェリーショップにやって来たのには、理由があったのね。たまみは叔母夫婦が経営している従業員数15人の和食店を手伝っていて、叔母さんの娘、つまり従姉妹の彩香ちゃんの誕生日プレゼントを買うためにここに来たのよ。彩香ちゃんにプレゼントのリクエストを聞いたら、パンツって返事だったからなの。たまみは一緒にショップに行こうよと言ったんだけど、彩香ちゃんは好みのブランドと色とサイズとだいたいの雰囲気を伝えてきて、あとはなんでもいいと言ったわ。彩香ちゃんは、プレゼントは欲しいけどたまみちゃんと一緒に出かけるのはいやだとは口にしなかった。だけど、別に仕事もしてなくて男もいない彩香ちゃんはヒマな女なので、そう言っているようなものだったの。

勇気を奮い起こしてひとりショップに来てみたら、こんなカウンターパンチを食らってしまった。たまみは、すっかり心が折れてしまったわ。ふらふらと……、いや客観的に見たらアフリカ象みたいな地響きをともなう歩きなんだけど、気持ちの上ではふらふらと、たまみは地下街を歩き始めたのね。

ふと見ると、赤い看板のドラッグストアがあった。

「このままなにも買わないで帰ったら、もっとへこんでしまう」

そう思って、たまみは店に入っていったの。ドラッグストアってランジェリーショップと違って、「これはあなたのための商品ですよ」ってものが必ずひとつはあるでしょ。

さっきの一件がこたえたのか、たまみはダイエットコーナーに引き寄せられていったわ。そこには行列ができていて、女ばっかり何十人も並んでいたの。なんだろうと思って、たまみは貼り出されているPOPに目をやったのね。

『超話題沸騰！　アクチニジン酵素石鹸入荷！』

POPには、そう書かれていたわ。おひとり様1個限定とも明記されてた。POPの横のポスターには、同じ顔をした女のデブヴァージョンとスリムヴァージョンのイラストが描かれていたのね。要するに、この石鹸は、やせる石鹸なのだということが表現されていたの。

「やせる石鹸……」たまみは、思わずそうつぶやいたわ。

アクチニジン酵素石鹸を求めて並ぶ女たちの中には、たまみのような巨デブはひとりもいなかった。たまみはしばらく動けずに、やせたい女たちの行列をじっと眺めていたの。

2

街灯に明かりが点った商店街の坂をのぼり、たまみは狭い路地に入ったわ。つき当たりに時代がかった暖簾を下げた和食店があって、そこがたまみの職場なのね。

勝手口を開け、たまみは店の中に入っていったの。板前さんや仲居さん達とすれ違うたびに、すみませんと小声で謝りながら更衣室に行って、でかい和服と割烹着に着替えたわ。ランチの時は私服にエプロン姿なんだけど、夜は和装のユニフォームなのね。

巨体のたまみは他の仲居さんたちと着替えの時間がかぶらないように、いつも早めに出勤していたの。急いで着替えようとしてほかの仲居さんにラリアートとか入れちゃったら、入院騒ぎだからね。

でもこの日はランジェリーショップでの一件があって、そのあとやせる石鹸の行列を眺めてたでしょ。しかも電車が信号機の故障とかで15分も止まって、そのうえ商店街で急に食欲に支配されてコンビニでヤマザキ・ナイススティックとランチパック・ツナマヨネーズと豆乳オ・レを買って店先で摂取してしまっていたから、遅くなっちゃったのよ。

着替えが終わって鏡を見ながら髪をなでつけていると、7分丈のデニムパンツをはいた彩香ちゃんが更衣室の扉を開けて入ってきたの。ロッカーの上にあったマンガを勝手に読んで、こっそり返しに来たのね。

彩香ちゃんの職業は家事手伝い。親の店は手伝っていないの。マンガを読む暇も、睫毛にエクステする暇も、爪にいろいろな花とか描く暇もある子なの。

「彩香ちゃん、ごめん、あたしパンツ買えなかったの。店までは行ったんだけど」たまみがそう言うと、彩香ちゃんは食い気味に「いいよ別に」と言ったわ。つっけんどんではなかったけれど、親しみもこもってない言い方だった。細かいところまでは聞く気がない空気に満ちあふれてたの。

そこに彩香の母、つまりこの店の女将さんの声が聞こえてきた。

「彩香、あんたつき出しのバイ貝、食べたでしょ」

彩香ちゃんは扉の外に向かって「食べてないよ」と言ったけど、彩香ちゃんの息からはバイ貝の煮汁の匂いがした。面倒くさそうな顔して、彩香ちゃんはウソの言い訳をするために更衣室から出ていったわ。

彩香ちゃんの、つっけんどんにはしないけど親しみもない感じ。

これまでもたまみは周囲の人間からずっと、そんなふうに扱われてきたわ。見た目で人を差別するような人間には思われたくないけれど、わざわざ巨デブと親しくはなりたくない、みたいな空気。あからさまに逃げたりはしないけど間合いは詰めさせない、ゆるいシールド。

たまみがそれに対して鈍感でいるわけなかったし、小さな努力を積み重ねないわけはなかったわ。不愉快に思われる可能性のある言動はできる限り避けて、気配りができるデブだと思われるよう巨デブなりに頑張ってきたの。

小学生の頃からお菓子でもなんでも人に分け与えるようにしてきたし、トイレ掃除も率先してやり、コンタクトレンズを床に落として探している人なんかいたら、誰よりも親身になって這いつくばって手伝ったのよ。

でも、努力はあまり報われなかった。お菓子をあげても、たまみからもらうと太りそうとか言われたし、トイレ掃除は細かい隙間に体が入らないから雑だと言われた。コンタクトレンズ探しは、でかいケツが邪魔だと言われたわ。

いつしかたまみは、自分は他人とはあまり間合いを詰めちゃいけないんだと思うようになったの。

「誰とも間合いを詰めないで生きていると、まるで水の中にいるような気がする」

たまみは、子どもの頃からいつもそう思っていたのね。自分はいつも薄く濁った水の中にいるみたいだと。誰かにふれようと思って近づこうとしても、デブの浮力が邪魔してゆっくりとしか進めない。太い手足を懸命にバタつかせてるうちに、相手はすいすい遠ざかってしまうの。

「そんな気持ちを最初に抱いたのは、お母さんに対してだった」

ふと考えたとたん、いつものあの感覚がやってきた。

たまみはしばしば、自分のまわりの空気が粘度の高い液体に変わって、ヌルヌルしたゼリーの中に閉じ込められているような感覚に襲われるの。ゼリーは悪意ある生き物で、たまみに寄生しようと耳から鼻から口から入り込んできて、心も体も支配しようとする、というイメージに捕われてしまうのよ。

こんな感覚は何年も前からしょっちゅうあることなので、今となっては恐怖はそんなにないのね。だけど、今日は下着ショップの一件があって気持ちに余裕がなかったから、不快な感覚からなかなか逃れられなかった。

「たまみちゃん!」

そのとき女将さんのよく響く声が聞こえてきて、たまみはやっとゼリーから逃れることができたわ。

女将さんは更衣室の扉をあけて、たまみを見ると首をかしげて微笑んだ。

「たまみちゃん、まかない食べたの? 早く食べないとお客さん来ちゃうわよ」割烹着のゆがみを直してくれながら、温かい声でそう言ったわ。

女将さんは父の妹で、小さい頃からたまみをかわいがってくれた。店を切り盛りしている忙しい叔母だから、そんなにしょっちゅうは会えなかったけど、たまみは叔母が大好きだったの。叔母はいつも「たまみちゃんはなんでもよく食べるから好きよ」と言いながら、やわらかい空気で包んでくれたわ。

子どものときから、たまみにはこの叔母だけが支えだったの。たまみが高校を中退したとき、うちで働きなさいよと言って特注の和服ユニフォームを用意してくれたのも叔母よ。「今日はまかない、やめときます。さっき、すんごいパンが食べたくなって、食べちゃったの」そう言いながらたまみは、自分がひとりぼっちだなんて思ったら叔母さんに悪いなと思ったの。

女将さんは「ああ、食欲の中でもパン欲のときってあるよね」と言って笑ったわ。

開店前には女将さんと板長さんを中心に、従業員全員が集まって軽いミーティングをするのね。立ったままで、ほんの短時間。

店のお客さんは、一見さんや飛び込みもあることはあるんだけど、ほとんどが予約して来るお馴染みさんとその連れなの。だから、その日の仕事量が前もってだいたいわかるし、仕事の分担もしておけるのね。

職人さんよりもサラリーマンの方が似合いそうなインテリ顔の板長が、「今日は個室の予約は一組四名様だけだな。たまみちゃん、担当たのむよ」と言った。女将さんが板長の横でにこにこして、たまみにむかって頷(うなず)いたわ。

実は、たまみは個室を担当するのが好きじゃないの。たいていの客が、襖(ふすま)を開けて入ってきたたまみを見て、「うわぁ」って空気を出すからよ。そのうち慣れるのかなと思ったんだけど、今では一生慣れることなんかないってわかってるの。でも、個室の給仕は最古参の仲居さんかたまみがやることになっていたわ。この道に入って3年、たまみはプロの気遣いができるアドバンスクラスの仲居になっていたのよ。たまみはおちょぼ口の端をきゅっとあげて、頬の肉を持ち上げた。つまり、ほほえんだの。女将さんと板長を見上げて、「はい」と返事をしたのね。

ふと見ると、彩香ちゃんが若い板前さんとデレデレしゃべっていたわ。今にも、体をくっつけあいそうだった。彩香ちゃんはなんとなく、昔の新幹線と顔が似てる。若い男には夢の超特急で間合いを詰めていくんだねという感じだった。たまみはなんか、背すじをピンと正したくなったの。きちんとした仕事しようって思ったわ。

個室に入ったお客さんは男性ばかり4人で、そのうちふたりはいかにも重役で年配だった。残りのふたりはいかにも商社マンで、ビジネスの接待に違いなかったわ。商社マンの若い方が、この店を予約したらしかった。彼の上司がこの店のお馴染みさんだったのね。たまみがおしぼりや飲み物の品書きを差し出すと、若い商社マンはたまみをじっと見てきたわ。そんなに凝視しなくてもいいのにと思って、たまみは目を伏せたの。でも、彼が飲み物の注文を告げてきたので、目をあわせないわけにはいかなかったわ。

「きれいな目」

たまみは心の中で、そうつぶやいた。

10時10分の角度の、太めの眉。つりあがってても垂れてもいない大きな目。直射日光みたいな眼差し。

彼は中肉中背というよりは少し細身だった。髪型がちょっとステキな感じだと、たまみは思ったのね。流行を無視しないで、ぎりぎりまじめな会社員に見える、そして直毛なのもちゃんと活かした髪型だったの。男性らしいくっきりした体の線やちょっとだけ日焼けした肌に、よく似合っていたわ。

そんな男に凝視されたら、たまみじゃなくてもたまらないわよね。ましてや、たまみにはくっきりした線なんてどこにもないでしょ、彼がまぶしすぎたのよ。

落ち着いて仕事したいのに据わりが悪い心地になるのがいやで、たまみはなるべく彼を見ないように給仕し続けたわ。でも青年は、たまみが料理や酒を運んできたり食器を下げたりするたびに、たまみをまっすぐに見て「ありがとうございます」と言ったのね。いやでも顔を見ちゃうのよ。

彼の表情は、よくある巨デブ女を見る男のものじゃなかった。少し見開いたような目。かわいい形に上がる口角。こぼれる白い歯。たまみは、男性からそんな表情を向けられたことなんてなかったの。

もともと、たまみは丁寧に接客する子だったわ。膳に置く料理の位置や向きなんかはもちろん、言葉遣いも身のこなしも、上げ下げのタイミングも完璧にやりたいほうだったし、料理を置くときの音にまで気を遣う仲居だったの。

でも、なんて言ったらいいのかしら。このとき、たまみは青年からもぞもぞする気持ちをもらっちゃったのね。なんだか、いくらでも献身的に給仕できそうな気がしちゃうようなやつよ。

4人のお客たちは食事が済んで、銀座に飲みに行こうということになったらしかったわ。若い商社マンは女将さんに名刺を渡して、請求書をこちらにお願いしますって言ったのね。そして、見送りに出てきたたまみにも「ありがとう、いい食事でした」と言って、名刺を差し出したの。

「私にも？」たまみは不思議に思ったんだけど、なんかうれしかった。

4人は、たまみが呼んだタクシーに乗って銀座に向かって行ったわ。名刺を見ると、辻堂拓也という彼の名前が書いてあった。

「辻堂拓也」

たまみは小さな声で、彼の名前を読み上げたの。

3

JRの小さいほうの改札を出てから、こぢんまりした繁華街を抜け、住宅街の細い路地をうねうね曲がって、トートバッグと紙袋を手に提げたたまみは一軒家のドアを開けたの。そこが、たまみの自宅なのよ。ただいまは、いつもそうなんだけど言わなかったわ。

帰りの電車の中でたまみは、つけ睫毛のことも辻堂拓也のことも、もちろん彩香ちゃんのことも思い出さなかった。なぜかというと、猛烈におなかがすいていたからよ。いまここで死んだら走馬燈にはコンビニ弁当しか出てこないだろうと思うぐらいの飢餓感だったの。食欲中枢の奥にいる神様が、まかない抜きにした自分を悔い改めろと叱責してきたわ。

パン2個食べただけでまかない抜きにできると考えたのか。
思い上がるな、愚か者よ。
自分を見ろ。
ガラスに映る氷山のような巨体を見るがいい。
おまえは、巨デブだ。
まごうかたなき巨デブだ。
巨デブ怪獣・食べゴラスなのだ。

当然、たまみはコンビニで三色そぼろ弁当とぶっかけ素麺となめらか杏仁プリンと津軽りんごジュースを、しっかり買ったわ。素麺だけでよかったんじゃないか的なツッコミを入れたくなるところだけど、神様に思い上がるなとまで言われちゃったんだから、しょうがないじゃない。

たまみの家はウナギの寝床と言われるような細長い土地に建っていて、長い長い廊下があるの。リビングやダイニングキッチンのほかにも部屋がいくつかあるけれど、この家には母とたまみしかいないから、使っているのは一部分だけだった。ドアから漏れる光で、一番奥の部屋に母がいるのがわかったわ。たぶん、仕事しているのね。

たまみはダイニングセットの椅子にすわり、まずはいちばんガッツリ腹にくる三色そぼろ弁当から摂取しはじめた。温める必要なんかなかったわ。たまみは、冷めたものがけっこう好きなの。熱いものって、がっつけないじゃない。三色そぼろ弁当は瞬(また)く間に消えていったわ。

ハリケーンみたいな飢餓感がそよ風ぐらいになってくると、たまみはゆっくり、ランジェリーショップのことを思い出したわ。でももう、飢餓感が消えていくときに放出される快楽物質に脳がどっぷり浸かっちゃってて、つけ睫毛のことは遠い昔のことのように思えてきたの。たまみはいつも、こうして爆食することで心の傷を忘れてきたのよ。

飢餓感から解放されたたまみが思い出したのは、神様のことだったわ。

「巨デブ怪獣・食べゴラスって、なんちうネーミング……」そう思うと、おかしかった。

「なんで怪獣だったんだろう。巨デブ戦士・食べルンジャーでもよかったじゃない」そう考えるとますますおかしくて、たまみは素麺のパッケージフィルムを破りながら吹き出したわ。

「なんだよ食べルンジャーって。ぜんぜん戦わないじゃん。食べてるだけじゃん」

たまみは、とうとう笑いはじめた。

必殺技は巨デブキックで、それはケツアタックで圧死させる技だというところまでキャラを作ったんだけど、「ぜんぜんキックじゃないじゃん」と自分で突っ込んじゃって、笑いが止まらなくなったの。バカなのかぐらい笑ってたのね。

涙目になって笑ってると、ダイニングにたまみの母が入ってきたわ。

たまみの母は、美しいの。

二十歳の、しかもこんな巨デブの娘がいるなんて誰も信じないぐらいの、楚々とした美人なのよ。化粧っけはまったくないし、髪はひとつに結んでいるだけ。服だって、ただの部屋着よ。そして、どんなときでも、ニコリともしないの。なのに、大金持ちが土下座してプロポーズしそうな気高さが漂ってるのね。顎からデコルテにかけてのラインなんて、ため息が出るわ。完璧なの。

たまみは、笑いが止まったわ。

「これ、叔母さんがお母さんにって」たまみは、女将さんから預かった紙袋を母の前に掲げて見せた。叔母さんは頻繁に、店の煮物があまったやつとか、板長が凝りに凝って漬けた漬け物なんかをたまみに持たせてくれるのね。

「冷蔵庫に入れておいて」母は表情を変えずにそう言った。紙袋には目もくれなかったわ。

たまみは心の中で「出たよ」とつぶやいた。いつものことなの。どうせ食べないの。食べられなくなるぎりぎりのところまで放置されて、たまみが食欲中枢の暴走に支配されたときに食べることになるのよ。

そもそも母は和食店の食べ物には、というか食べ物全般に興味がないのね。ごはんに海苔とか、少量のたらことか佃煮とか、ちょっとした干物とか、そんなものしか食べないのよ。甘いものも滅多に食べないの。

そして母は、誰かと一緒には食べない。ひとりでしか食べないのね。たまみとも、小さい頃からほとんど一緒に食事したことがないの。母娘なのに、母がなにか口にしているところを見たことさえ、あんまりないのよね。

母は自分の分だけお茶を淹れ、それを持って黙ってダイニングから出て行ったわ。

「お母さん、あんなに美人なのに、巨デブが素麺食いながらケタケタ笑う家に住む女にしてしまって、なんか悪いな」そう思ってたまみは、ちょっとスンとしそうだったの。

素麺もなめらか杏仁プリンも完食したたまみは、シャワーを浴びはじめたわ。

髪を洗いながら、買わなかったやせる石鹸のことを思い出した。

「あれは、本当にやせるんだろうか。あれだけの人がこぞって欲しがるんだから、少しはやせるのかもしれない。でも、やっぱり私は買えない。石鹸なんかでなんとかできるレベルじゃねえだろぐらいの視線を浴びながら、あの列に並べない。あれはウエストが2センチ減ったぐらいで飛び上がって喜ぶような人たちが買うものだ。私なんか、あの石鹸に近寄っただけでみんなにウケられてしまう」

たまみは、普段はそんなことしないのに、自分の腹や腕や腿にさわってみたわ。

「私がデブじゃなくて、でかいつけ睫毛をつけたランジェリーショップ店員にへいこらされるような女の子だったら。友達とやせる石鹼を買いに行った帰りにスタバでフラペチーノをチューチュー吸うような普通の子だったら。お母さんはもっと娘と暮らすことが楽しかっただろうか」

あちこちさわるうち、たまみは己の脂肪の量を改めて思い知り、もう当分さわるのはやめておこうと思ったの。

「あっちへ行ってなさい」

たまみは、母と暮らしてきた20年を振り返るとき、この言葉が最初に浮かぶの。小さい頃から、母の背中や足に抱きつくたびに、母からそう言われてきたわ。父はあまり家にいなくて、顔を見るのさえ月に数回ぐらいだった。幼かったたまみは、大人の背中につかまったり、大人のひざに乗ったりしたかった。安心な感じがほしかったのよ。子どもだったら、みんなそうでしょ。怖くないよ、寂しくないよ、一緒だよ、そう思わせるように抱っこしてくれる大人が必要じゃない。でも、たまみにはそういう人がいなかったの。

父と離婚する前、母は自宅で父が経営する会社の経理事務をやっていたわ。仕事は完璧にこなしていたの。たまみの世話も、仕事をこなすようにやったのね。食べさせて、着替えさせ、体を洗ったわ。

でも、たまみが物心ついてからは、ほとんど放置するようになったの。寝間着に着替えて寝ているかとか、部屋を散らかしていないかとか、歯をちゃんと磨いているかとか、そんなことにはまったく注意を払わなかったのね。だから、たまみの奥歯はあっというまに虫歯でぼろぼろになったのよ。

叔母さんはよく、たまみに言ったわ。

「お母さんはお仕事してるから、たまみちゃん寂しいだろうけど、我慢してあげてちょうだいね。なにかあったら叔母さんに言ってね」

たまみの理解者である叔母は、仕事をしながら子育てしているという共通点があったせいで母の理解者でもあったのよ。やっぱり大人は大人の味方をするのかなぁと、幼いたまみが感じることは何度かあったのね。

たまみはおとなしくて忍耐強い子だったから、抱っこしてもらえなくても、かわいいと言ってもらえなくても、我慢していたわ。泣き叫んでも意味がないって、わかってたの。

だって、たまみが母を追いかけると、母は仕事部屋の鍵をかけちゃうんだもの。泣いてもどうにもならなかった。子どもが泣いたぐらいで気持ちが動く人じゃなかったのよ。たまみはひたすら我慢するしかなかった。お母さんは仕事しているからかまってくれないんであって、いつかうちがお金持ちになったら事務員さんを雇ってくれて、一緒にいてくれるんだと思い込んだの。

ところが、そのうち考えが変わったわ。

お母さんは自分がデブだからかまってくれないんだろうと思うようになったの。

きっかけは、7歳ぐらいの頃だったかしら。

なんの商品だったかはたまみももう忘れたけど、セールスのおばさんが母になにかを売りつけに来たのね。そのおばさんは異様に白いファンデーションをつけてて、狭い額の生え際のとこはちゃんと塗れてなくて、歯が黄色くて、頰紅と口紅が真っ赤で怖かったわ。はじめはにこにこしてゴマをすってたんだけど、母が商品にこれっぽっちも興味を示さないものだから、そのうち目がとんがってきて、たまみをにらんだの。

「まぁ、娘さん、こんな体格でねぇ。食べるものとか着るものとかご苦労なさるでしょう」

そのおばさんにそう言われた時、たまみは自分が母に負担をかけていると思ったの。デブの自分は母に大変な思いをさせていて、母はそんな自分が邪魔なのだろうと考えるようになったのよ。

叔母さんは、いまは亡き父方の祖母と一緒に、彩香ちゃんの洋服を大量に買っては、着せ替え人形みたいにして喜んでた。

「女の子がいると、これが楽しいのよねぇ」と、祖母とふたりで目を細めあっていたの。醜いデブの自分は、そういうことをお母さんにさせてあげられない。だからかわいがってもらえないのだろうと、たまみは思ったのね。

それから何年もの間、たまみはひたすら我慢し続けたわ。通信簿を見てもらえなくても、運動会に来てくれなくても、授業参観に5分ぐらいしかいてもらえなくても。自分が悪いんだからって言い聞かせ続けたの。

でも、子どもはそんなストレスになかなか耐えられないわ。かといって、母親に立ち向かうことも、逃げ出すことも子どもにはできない。

いつしか、たまみは冷蔵庫に抱きつく変な子どもになっていたの。

変な子どもになってでも、生きのびたのね。

「お母さんはわたしと話してくれないし、触れても触れさせてもくれない。でもお母さんは、おかずでもおやつでも冷蔵庫に入れておいてくれる。だから、わたしはここにいていいんだ。わたしは生きててもいいんだ」

たまみは、唐揚げやゆで卵入りのポテトサラダやロールキャベツやプッチンプリンを食べているときだけ、そう思うことができたの。

怖くないよ、寂しくないよ、一緒だよ。

そう言ってくれるのは、冷蔵庫だけだったわ。たまみは、学校で起きた出来事なんかを冷蔵庫に向かって話すようになったのよ。

冷蔵庫はたまみにやさしくしてくれる反面、たまみがいくら太ろうと、奥歯がぼろぼろになろうと、いくらでも食べ物を与えたわ。冷蔵庫はたまみにとって、慈愛で包み込んでくれる聖母様でもあり、真綿で首を絞めてくる悪魔でもあったの。

4

たまみはいつものように、和食店であわただしくランチタイムの準備をしていたのね。窓ガラスを磨いて、テーブルを拭き、醤油差しの醤油を補充して、何十個もの小鉢に副菜を盛りつけてたの。ランチタイムは回転が勝負だから、準備が肝心なのよ。

ふと気づくと店の奥から、なにやら言い争う声が聞こえてきたわ。女将さんと彩香ちゃね。いつものことというか、しょっちゅうあることなんだけどね。

「いつもいつも、やりかけたことを放り出して、あんたはッ」女将さんは語気も荒く、彩香ちゃんを責めたててた。新参の仲居さんは戸惑った顔をして、最古参の仲居さんは口紅のついた歯を見せてニヤリとしたわ。

たまみが副菜の残りが入ったボウルを持って厨房に行くと、「なんで店のもの食べるのよ、うちに帰りなさいッ」女将さんの怒号が轟いたわ。戦闘は厨房で繰り広げられていたのよ。料理人たちはそのまわりで、石仏みたいな顔で粛々(しゅくしゅく)とランチの仕込みをしていたのね。

「いい加減な人間はこの店に入らないでッ」そう叫ぶ女将さんの顔は、ナマハゲぐらい怖かったわ。

「だからさぁ、人の話聞いてる？　ダンスをやめるんじゃないの、先生を替えたいのッ」彩香ちゃんは、うんざり顔で答えてた。中堅の板前が彩香ちゃんの口調をマネして「先生を替えたいのッ」と小声でつぶやいて、板長にお玉で頭をぶたれたわ。

「いまのクラスでいいところまで来てるんじゃないの、少しくらい気に入らないからってホイホイ別のクラスに行く気なの？　誰も信用しないわよ、そんな人間ッ」女将さんは従業員の目を気にする余裕なんかないみたいだったわ。

彩香ちゃんは高校を卒業して信用金庫に勤めたんだけど、4ヶ月で辞めちゃったの。ダンサーになりたいという壮大な決意表明に、女将さんは不承不承、首を縦に振ったのね。彩香ちゃんの父つまりたまみの叔父(おじ)さんは、完全に蚊帳(かや)の外にされてたわ。一応はこの和食店の社長なんだけど、毎日やっているのは飼い猫のうんこの掃除ぐらいで実質ニートだから、なにも発言権はないのよ。

彩香ちゃんは熱く決意を語ったわりにはその後なにもせず、1年ぐらいぶらぶらしてたのね。その間にオトコができたんだけど、その人ともジャスト4ヶ月で別れたの。仲居さんたちは陰で彩香ちゃんのことを「4ヶ月の女」と呼んで、ヒヒヒ笑いの的にしてたわ。

とうとう女将さんがしびれを切らして、知り合いのコネを頼りに、有名な先生が運営するダンスクラスに入れたのよ。そのクラスは、有名ミュージシャンのバックダンサーをやる人も多くて、紅白に出てたりもするのね。アメリカに渡って、ビッグアーティストのツアーメンバーになっている人もいるそうなの。

「だからさぁ、何回も言ってるけどさぁ、あの先生は鬼すぎるっていうか、人間性まで否定してくるんだもん。なんでダンス教わりに行って人間性否定されなきゃなんないのって話じゃん」彩香ちゃんが口をとんがらせて言ったわ。

「お母さんだって否定するわよ、あんたのフニフニした人間性なんかッ」女将さんがそう言うと、料理人さんたちは「フニフニ？」と、怪訝な顔をしたわ。「フニフニっておかしくない？　フニャフニャでしょ普通」と、表情で突っ込んでたの。でも、女将さんの目には入らなかったわ。

「うちを出て行きなさいよ。少しは社会の厳しさを学びなさい。今すぐ出て行きなさい。人間性否定されたら出て行くんでしょ？　とっとと出て行きなさいよッ」

親心全開の女将さんが雷を落としてる1メートル先で、彩香ちゃんは小首をかしげて若い板前さんに小皿を差し出し、つくねを載せてもらって食べはじめたの。

「くねくねして、つくね食べてんじゃないわよッ」ガラスを割るぐらいの声量で女将さんが怒鳴った。板長は噴いたわ。

「だって、おいしいんだもん。作った人の腕がいいから」そう言って彩香ちゃんは、若い板前さんに目配せしたのね。若い板前さんは、馬みたいにでかい歯を見せてニヤついたわ。

女将さんは襟首をひっつかむようにして、彩香ちゃんを連れて勝手口から出て行った。

「ごめんね、ランチお願いね」と、みんなにあやまってたわ。

そしてみんな、なにごともなかったかのように平常通りの仕事に戻ったの。

最古参の仲居が「やっぱり、さすが4ヶ月の女よね。なにやっても続きゃしない」と、ニヤニヤしながらたまみに話しかけてきたわ。でもたまみは、自分は高校すら卒業してないからなにも言えないと思ったの。「歯に口紅ついてますよ」と言って最古参の仲居を黙らせたのね。

まぁ、そこまでは驚くようなことはなにもなかったんだけど、そこから先が、たまみにとって劇的だったの。めまぐるしいランチタイムの営業がもうすぐ終わるかって時間に、たまみ激震の事件が起きたのよ。

ランチの客が引き潮のように去った店に、「ランチ、まだ間に合いますか」と暖簾をくぐって入ってきたのは、辻堂拓也だったの。

たまみは、どきっとして固まっちゃったわ。

昨夜の彼のまっすぐな眼差しとか、別れ際にもらった名刺とかは、家に帰って三色そぼろ弁当を食べているうちに早くも記憶の底に埋まってしまっていたのだけれど、御本体の出現によって一気に掘り返されちゃったのよ。たまみが固まっている間に、最古参の仲居が拓也を席に案内したわ。

女将さんが昨夜のお礼を言いに行くと、拓也は「こちらこそ本当にありがとうございました」と頭を下げて、さらに言ったの。「料理もおいしかったし、仲居さんがすごく感じよく接してくださったんです。おかげで商談も、いい感じで進みそうです。あの仲居さん、いい仲居さんですね」

この会話が耳に飛び込んできて、たまみは耳が熱くなった。そして熱は顔全体に伝わったの。


あの人、私をほめた。

あの人、私をほめた。

あの人、私をほめた。


その言葉だけが頭の中でぐるぐる回って、そのうち熱い鉄みたいになって溶けていったわ。

男の人に、しかも若い男の人にほめられた経験なんて、皆無だったんだもの。無だった宇宙にビッグバンが起こったようなものよ。体中の血液が逆流して顔に集まってきたわ。どうしていいかわからなくなって、バックヤードに引っ込んでしまったの。

女将さんはさっきまでハワイの火山みたいに噴火してたのに、はしゃいだような高い声で笑いながら拓也と話し込んでたわ。たまみはとにかくなにかしてなくちゃと思って、厨房の洗い場で洗いたての小鉢を拭きはじめたの。

女将さんが浮かれた足どりで厨房に入ってきて、「金目鯛の煮付け御膳ひとつね」と、オーダーを通したわ。そして、たまみのほうを向いて、にんまり笑ったの。

「たまみちゃんがお持ちしてね。あのお客さん、たまみちゃんにお話があるんだって」

たまみは、びびりすぎて泣きそうになった。

「なんだろう、話って。なんだろう、話って。ああもう、なにもかも捨てて逃げてしまいたい。逃げたってデブだからすぐ捕まっちゃうだろうけど、生け捕りにされて串刺しにされてBBQにされるだろうけど、それでも逃げてしまいたい」

男なんて、子ども時代にはたまみをいじめ、大人になってからはたまみを空気みたいに無視する生き物でしかなかったわ。最近では板前さんとぐらいしか話さないし、それだって極力避けてきたのね。男性のほうだって自分と話したって楽しくなんかないだろうし。話があると言われたことなんて、一切合切なかったのよ。

たまみが逃げだてしないように、女将さんはばっちり見張っていたわ。パンツ丸出しで歩かされているぐらいの羞恥に包まれつつ、たまみは鯛と牛蒡と甘からい煮汁の匂いがする金目鯛の煮付け御膳を運んでいったの。ネイビーのスーツにグレーのネクタイをした拓也は、直射日光みたいな目をしてほほえんだわ。

「ああ、昨夜は最高でした。ありがとうございました」

　昨日は気がつかなかったけど、拓也は細身に見えても首や手首が骨太な感じだったの。スーツが似合わないはずがない体型だったのね。

「いえ、とんでもないです。いろいろ至らなかったと思いますけど」たまみはふわふわしてしまう気持ちを落ち着かせようと下半身に力を入れて、やっとのことで答えたわ。

「食べ終わったら、ちょっとだけ時間をもらえますか。お願いしたいことがありまして。女将さんの許可はもらってますから」箸をとる前に、拓也はそう言ったのね。

　バックヤードに戻ってきたたまみは、拓也にちゃんと返事をしたかどうかが思い出せなかったの。辻堂拓也の姿をものすごい解像度で目から脳にデータ転送したものだから、脳のほうでも処理にいっぱいいっぱいで、ちゃんと返事をするとか、しかもそれを記憶するとか、そういうことにまで手が回らなかったのね。でも、返事をしたかどうかいつまでも気にしている余裕はなかった。心がひらひら動いてしまうの。捕まえられないちょうちょみたいに、勝手に飛んでいっちゃうのよ。

　どうしても拓也の食べ方を見たくなって、バックヤードの暖簾の隙間からちょっとだけのぞいてみた。育ちがいい感じがするけれど、気取ってない。脇をやや開き気味にして元気よく箸を口に運んでいたのね。ああ、男の子なんだなぁと、たまみは思ったわ。

いままで、テレビの中の男性に甘酸っぱい思いを抱いたことは何度かあったの。でも、現実の男を見つめるなんてことはしてこなかった。自分になんか見られたくないだろうと思ってたからよ。リアルで男性をまじまじと見るなんて、もしかしたら生まれて初めてかもしれなかったわ。脂肪はたまみの体だけじゃなくて、視界までも覆っていたのよ。

ちらっと見るだけのつもりが、けっこうギンギンに見てしまっていたわ。いつからそこに立ってたのか、女将さんが背後で笑いだして、ハッとなったの。おどろいて暖簾を引きちぎってしまいそうだったわ。

女将さんはランチ用ではない湯飲みにお茶が入ったのをお盆に載せて、微笑みながらたまみに差し出したの。たまみにはそれが、「行けぇぇッ」と目を見開いて命令しているように見えたのね。たまみは観念して、脂肪に埋もれそうなおちょぼ口をきゅっと結ぶと、卒業証書を受け取るようにお盆を手にしたわ。

辻堂拓也は食事を終えて、携帯電話の画面をのぞき込んでた。お茶を運んできたたまみを見上げると、「どうぞ、すわってください」と、白い歯を見せてほほえみ、鞄から企画書のようなものを取り出したの。表紙には、「欧州カスタマー向け商品訴求企画概要」というタイトルが印刷されていたわ。自分には無関係な世界のものだと思えた。

「お名前は、細川たまみさんでいいんでしたよね」拓也は笑顔で言ったわ。「今度は名前呼ばれちゃったよ」的な衝撃波を食らったたまみの脳は、シナプスの過電流で煙が出そうだった。「はい」と、返事をするのがやっとだったの。

「女将さんと料理長さんにもご協力をお願いしたんですが、細川さんにも是非にと考えてるんです」拓也はそう言うと、企画書の内容を説明しはじめたのね。

「欧米の和食ブームは、もうブームでは終わらない様相を呈していて、各国のバイヤーが続々と来日してます。ただ単に日本の食材を使ったり、料理を真似するだけじゃなくて、より深く日本の食文化を理解しようとする動きが活発になってきているんです」と、拓也は言ったわ。

「そこで弊社ではバイヤーたちを招いて、食材の紹介や、保存法や陳列方法、調理、盛りつけ、食べ方の作法、日本の食文化の奥深さなどなどをプレゼンする食事会を、半年の間に数十回おこなう予定なんです。海外でも定番となっている日本料理だけではなく、レアな郷土料理や創作料理なんかも幅広くメニューに加えていこうと思っています。そういうものまで知りたがっている海外のバイヤーがたくさんいるんですね。そこでやりとりされる話の中から、食材の輸入輸出はもちろん、海外での外食チェーン出店なども視野に入れて商機を見いだしていこうと考えているんです」拓也の話は、その食事会の大半をこの店でやりたいということだったの。

それにはまず腕のいい調理師が必要で、板長に打診したところ、快諾だったらしいのね。女将さんはもちろん、前のめりぐらいのテンションよ。そしてさらに、場数を踏んでいて機転がきき、多少は英語がわかる仲居さんもほしいと拓也は思っていて、ぜひ、たまみに担当をお願いしたいとのことだったのよ。

「英語ですか」たまみは巨体をのけぞらせそうだった。

「女将さんに聞いたんですけど、実用英語技能検定の2級を持っているそうですね」拓也は、なんの心配もないみたいな顔でほほえんだの。

たしかにたまみは、勉強についていけなくて高校をやめたわけではなかったわ。むしろ成績はトップクラスで、特に英語は試験で95点以下なんてとったことがなかったの。試験勉強など特別しなかった。いつも試験前の休み時間に単語の確認をするだけだったわ。それでも学年5位以内からはずれることはなかったのね。特別講師として招かれていた外国人に、「発音がいいし安定している」と、何度もほめられてたの。

でも、たまみは自分なんかが拓也の期待に応えられるはずがないと、咄嗟に思った。自信がなくて、ちびりそうだったのよ。

「あの……、私みたいなデブじゃないほうがいいんじゃないでしょうか」

自分だったらこんなデブに大事なお客さんを預けないと、たまみは思ったのね。宅配ピザを待つ間にうどんを食べちゃうような巨デブが出てきたら、お客さんが食欲を失うんじゃないかって。

でも拓也は目を見開いて、「とんでもないですよ！」と力強く言ったわ。

「僕は帰国子女なんです。7歳からアメリカの東海岸を転々と移り住んでました。ワシントンD.C.、ニューヨーク、シカゴ、いちばん長く住んだのはボルチモア。ボルチモアなんかでは特に、誰も細川さんをデブだなんて言いませんよ。まぁ、確かにやせているとも言われませんけど、いくらか大きいかなぐらいに思われるだけじゃないかな。ボルチモアでは4人に1人ぐらいは、クジラみたいな体してますし、朝からマフィンを6個も食べるような人たちばっかりですよ。ボルチモアにいたら、細川さんはデブという感じじゃないです。日本の女の子はやせているのに更にやせたがる子ばかりだけど、世界的に見たらやせすぎです。細川さんは、そんな、ものすごく太っているわけじゃないんです」

拓也は、もう一度たまみの目をしっかり見て言ったわ。

「大丈夫です、自信をもってください」

たまみの心になにかが突き刺さって、甘い痛みを発生させた。

今まで、誰かが自分の存在を肯定してくれたことなどなかったわ。叔母さんが身内びいきでかわいいと言ってくれるだけだったの。叔母さんの言葉はありがたいけど、そんなの丸呑みにするバカいないでしょ。でも拓也の言葉は、今までにない景色を見せてくれた。たまみの視界を遮っていた脂肪に風穴を開けて、遠い海の向こうを見せてくれたの。

たまみの心の中に眠っていたなにかが、ひっそりと動き出した。

中学生の頃に読んだ小説の中に「希求」という言葉があって、一時期はそれがいちばん好きな言葉だった。いろいろあって、そんなこともうとっくに忘れちゃってたけど、自信をもってくださいという拓也の声を聞いたとたん、心の中でその言葉がほのかに点灯したの。まだ遠く、小さく、心細い光だったけど、真っ暗な空にひとつだけ星が見えたような気持ちになった。

「本当に私でいいんですか。だったら、がんばります」

たまみは、ゆっくり返事をしたのね。拓也の顔がほころんで、若くて白い歯が見えた。その顔を一生忘れないだろうと、たまみは思ったの。

拓也が帰ったあと、女将さんはにまにましてたまみに流し目を送ってきたわ。たまみが頭の皮まで真っ赤にして「なんですか」と聞いても、答えてくれなかった。

そして、最古参の仲居さんが女将さんに言ったの。

「あの若い人、たまみちゃんに気があるんじゃないの」

たまみの体がもうちょっと軽かったら、天井まで飛び上がるところだったわ。

「なに言ってるんですか、そんなことあるわけないじゃないですかッ」

たまみは炎上して、巨大火だるまになりながら打ち消したわ。仲居さんはたまみの動揺なんか、おかまいなしに話し続けた。

「だってさ、あの人、たまみちゃんと話しているときは、女将さんと話しているときと顔も声も違ってたのよ。あの顔は、気がある顔だよね」なんだか拓也を心配しているような言い方だったの。

「やめてくださいッ」

たまみはそう叫んで、仲居さんの肩を軽く押した。仲居さんは前につんのめって転びかけてたわ。

たまみの人生は、この日を境に大きく変わったの。

だって、だってね。

死ぬときの走馬燈に、コンビニ弁当以外のものが加わったんだもの。

もちろんそれは、拓也の笑顔よ。

5

實(みのる)がやせる石鹸を手にとったのは、町の小さな化粧品店の店頭だったの。化粧品店といっても若い女だったらまず素通りするような、ばばぁ化粧品店よ。キャッシャーのようなただの台、もしくはただの台のようなキャッシャーのところで、もう何十年も化粧なんてしてないようなバアさんが居眠りしていたわ。

アクチニジン酵素石鹸、いわゆる「やせる石鹸」がものすごく人気があって、あちこちに行列ができていることは、巨デブのたしなみとして實も知ってたの。ネットで見てたし、行列を目の当たりにしたこともあったわ。地下街にある赤い看板のドラッグストアで、やせる石鹸を欲しがる数十人の女がゾンビのような顔して並んでいるところを目撃したの。

そして、列に入る勇気のない、かわいそうな巨デブも同時に目に入ったわ。年齢も体格も實と同じくらいの、髪にホルスタイン柄のヘアゴムをつけた巨デブの女が、行列に入れないまま物欲しげにポスターを凝視してたのね。巨体が立ちつくしてたもんだから、思いっきり通行の邪魔になってた。

そんな品切れ続出の人気商品が、なぜ、こんなばばぁしか来ないような店に人知れず入荷されているのだろう。石鹼自体よりも、そのことが興味深いと實は思ったのね。

まぁ、こんな薬事法とかの認可もろくになくて雑貨として売られてるような石鹼の流通なんか、たぶん相当いいかげんなものなんだろうなと、鼻で笑ったの。

實は相撲部屋を脱走してきたんじゃないかと思うような巨デブなんだけど、愛嬌のあるデブじゃなかったわ。お菓子の家の前まで連れていってあげても、お菓子の好き嫌いをブツブツつぶやきながらカバンからうまい棒を取り出して食べるみたいな、むかつくデブなの。

だいいち、實は他人に指図されて食べるのが大嫌いなのね。

何人かで食事したときに料理があまりそうになると、みんな實に押しつけようとするんだけど、絶対食べないの。なんだか自分がゴミ箱にされてるみたいに感じちゃうのよ。みんなは食べ物を残すのがいやなだけで、これっぽっちも悪意はないんだけど、實に押しつけようとするのって「巨デブならいくらでも食うだろ」ぐらいの気持ちがあってのことでしょ。そこに實は抵抗を感じるのね。

それならそれでみんなにちゃんと気持ちを伝えればいいんだけど、實はコミュニケーションを面倒くさがるタイプなのよ。しかも「そこでかよ」的なタイミングでうまい棒とか取りだして食べちゃうもんだから、實は誰からも理解されないできたの。デブのくせにむかつくなぁぐらいにしか思われないのね。

實は持っていた紙袋を肘にかけて、やせる石鹸の四角い箱を手に取った。そして、裏側に書かれた原材料を見てみたわ。

石鹸の基剤らしきものや香料のほかに、キィウィフルーツ抽出成分とか意味がよくわからないものが書かれてた。原産国は、中国。輸入元は聞いたこともない会社で、なにか問題が起こったら翌日には消えちゃってるような感じの社名だったわ。パッケージのどこにも、「やせる石鹸」とは書かれていないの。ただ、同じ顔の女のデブヴァージョンとスリムヴァージョンのイラストが描かれているだけなのね。

「これで本当にやせるんだったら、女のオッパイとか男のちんことかもいっしょに小さくなるってことじゃん」實は薄ら笑いを浮かべてつぶやいたわ。

化粧品店を出た實は、あやしげな包みを手にJRの駅に向かった。包みの中には、プラスチックボトルのようなものが入っていたの。ボトルの中に何が入っているのかは、實も知らなかった。警官に職務質問されたらなにも答えられないわ。實はただ、持ってきた紙袋を化粧品店のバアさんに渡し、それとひきかえにこの包みを受けとってくるように頼まれていただけなのね。中身は知ったこっちゃなかったの。

山手線に乗って上野駅で降り改札を出て、實は宵闇の中をJRの高架沿いに歩いた。そして、そのへんにうじゃうじゃあるスナックの扉のひとつを開けて中に入っていったの。

店にはもう、明かりがついていたわ。

『ぐるぐる』という店名が書かれた看板のあるその店のカウンターの中には、實の父親ぐらいの年頃の中年巨デブと、實の兄ぐらいの若い巨デブが立ってたのね。

實はふたりに「おはようです」と挨拶して、化粧品店でバアさんから受けとった包みをカウンターに置いたの。

「あら、實ちゃん、ごくろうさま。急に頼みごとして、悪かったわね。今日のお通し、食べてみる?」中年の巨デブは細い目を湾曲させてほほえんで言った。ゑびす様みたいなやさしそうな笑顔だったけど、やさしいだけのデブではないみたいだったわ。

「お通し、おいしいわよ。あたしが作ったの」と、若い巨デブが自分を指さして言うと、中年巨デブは一瞬で閻魔みたいな顔に豹変して「あたしが作ったんでしょッ」と一喝したの。


男性が好きな男性が、ゲイ。ゲイが集まるバーが、ゲイバーでしょ。

でも、ゲイバーと言ってもいろいろ種類があるのよ。

この『ぐるぐる』はゲイバーの中でもとりわけ、巨デブと巨デブ好きのゲイが根城とする、「デブ専バー」と呼ばれるジャンルのバーなの。週末ともなれば、気合いが入った巨デブや、巨デブに圧死させられたいぐらいに巨デブ好きなゲイでごったがえす、なかなかの人気店なのよ。まぁ、人気店と言っても20人ぐらい入れば満員になっちゃう小さな店だから、ボロ儲(もう)けはしてないけどね。

中年の巨デブは、この店のマスター。そして實の兄ぐらいの年頃の巨デブはラミちゃんと呼ばれてる、『ぐるぐる』の古参スタッフよ。

全国の、というかアフリカ諸国とイスラム諸国とロシアと中国をのぞく全世界の主要都市には、必ずゲイバーがあるの。そして、そのうちの何パーセントかは『ぐるぐる』のようなデブ専バーなのね。つまりデブ専は、世界中のゲイにとって珍しくもなんともない、ひとつの大きなセグメントなのよ。

上野には特に、デブ専バーが多いの。デブ専バー激戦区よ。上野駅から入谷(いりや)駅にかけての日光(にっこう)街道沿いは、世界でいちばんデブとデブ専ゲイが密集している場所かもしれないわね。

實は3年前に、上野公園でマスターと出会ったの。

西郷隆盛(さいごうたかもり)が立ってる広場のベンチに、實はずっとぼんやりすわってたのね。

高校を中退したばかりで、バイトを探してはいたんだけど、ファストフードでもコンビニでもユニフォームがないとか言われて採用されなかったの。面接に行ったコンビニの店主なんか、實の巨体をひと目見ただけで露骨にため息をついてたわ。

誰かに必要としてもらえるような身分にいきなりなれるとは思っていなかったけど、巨デブな野良犬みたいに追っ払われ続けたもんだから、實は自分なんかこの世にいなくてもいいんじゃないかぐらいに思っちゃってたのね。

やせりゃいいじゃんと、デブじゃない人は思うかもしれないわよね。

　でもね、当時17歳だったねじ曲がりの巨デブにしてみれば、「やせれば仲間にしてもらえるとかだったら、人間なんて皮下脂肪の厚さで人を判断するノギスに過ぎない。そんな薄っぺらいノギスの下でしか働けないんだったら、いままでの地獄みたいな学校生活とたいして変わらない」って、そう思えたのよ。

そんな若く青きデブの悩みを抱えた實は、ぼんやりすわってるしかなかったの。だって、しょうがないわよ。どっちの方向に歩いていいのかわからなかったんだもの。

もう日も暮れかかってきた頃、そんな實に声をかけてきたのが『ぐるぐる』のマスターだったのね。細い目が弧を描く笑顔で、顎の脂肪を動かしながら「かわいいねぇ、キミ、昼からずっとそこにいるでしょ」と、話しかけてきたのよ。マスターはラガーシャツみたいな服を着ていたんだけど、巨デブすぎてシマシマの囚人服みたいに見えたわ。

實はぜんぜん知らなかったの。自分の巨体が上野のデブ専ゲイにとっては、グラビアアイドル並みのプロポーションだということをね。悩殺ボディにあどけない17歳の顔。若デブ好きにとっては、たまらない感じだったのよ。もちろん、マスターは性的な関心があって實に近づいたのね。

「学生さん？」マスターにそう聞かれて實は「いえ、無職です」と答えたわ。

それからマスターに誘われるままカフェに入ったんだけど、カフェに入るときにはもう、マスターは性的関心は引っ込めてたの。實が17歳であることがわかったからよ。気持ちをぱっと切り替えて、そろばん勘定をはじめたわ。實を鵜にして、自分は鵜匠になろうと画策したの。實に、「うちの店を手伝ってみない？」ともちかけてきたのね。

「たしかにうちは、ホモばかりが来るゲイバーだけどね。でも、ホモが来るって言っても、襲いかかられるわけじゃないのよ。みんな常識のある人たちなの。ホモではあるけど野獣ではないからね。あんたはきっと、とってもかわいがられる」

實は自分がホモからかわいがられるところを想像しようとしたけど、無理だったわ。人からかわいがられたことなんて、ほとんどなかったんだもの。自分がデブ専ゲイ垂涎の逸材で、ゲイバーで集客力を発揮できるなんて、当たり前だけど想像したこともなかったのよ。

なにはともあれ、實は『ぐるぐる』で働きはじめたの。

實は職を得ることができたし、店は實目当ての客が増えて繁盛したわ。

實は現代っ子だったから、さすがに性根がねじ曲がっていることを客の前にさらすことはなかったのね。ネコ1匹じゃ覆えない巨体だから、数十匹をつなぎあわせてかぶってたのよ。常に素朴で純情そうなアイドルの笑顔を絶やさなかったの。

マスターが言ったとおり、お客はゲイではあったけど野獣じゃなかったわ。普通にお客の冗談にウケたりしてれば、喜んでもらえた。以来3年、實はこの『ぐるぐる』で、まさにアイドルとして君臨してきたの。


「また實に運び屋やらせたんでしょ、これ、なんなのよ」

實のためにお通しを盛りつけているマスターに、ラミちゃんが包みを指差して訊(たず)ねたのね。マスターはでかい肩をちょっとすぼめて、顔の肉を変形させて笑ったわ。

「美容液よ。知り合いのおばあちゃんがね、美容液を手作りしてくれるの。だから煮物とか作ってあげて、物々交換してるのよ。すごくいいの、これ」

「自分で取りに行きなさいよ。少しは歩かないと、早死にするわよ」ラミちゃんは、自分も巨デブであることは棚に上げてたしなめた。

「あんまり歩くと膝がきしむのよう」マスターが首をかしげてぶりっ子ポーズをとると、ラミちゃんは「やめてよ、暑っ苦しい！」と甲高い声を出したわ。

「体重増えすぎて膝が耐えられないんでしょ。肌より骨の心配しなさいよッ」

實は箸をとり、マスターが盛りつけてくれたお通しを食べはじめた。

小皿の底には柚子の香りがする薄切りの大根の漬け物が敷いてあって、その上にサーモンのマリネが載っているの。てっぺんにはパリパリに焼いた鮭の皮と刻んだ柚子の皮が添えられてた。

働きはじめて3年経つけれど、この店で働くことが自分の性に合っているのかどうか、實にはわからなかったわ。ほかで働いたことがないからっていうのもあるんだけど、3年経ってもなんかぎこちなさが消えないという思いがあったのね。いやじゃないのに、染まれないの。

でも實は、お通しをぜんぶ食べたわ。

マスターが出してくれるものは、なんでも食べることができたのよ。

「ばばぁが作った美容液なんて絶対、手を洗わないで作ってるわよ。便所に行って、そのまんまの手よ」ラミちゃんが美容液を睨みつけて言ったわ。

「あら、尿素って肌にいいのよ」マスターがそれこそカエルの面に小便みたいに受け流すと、ラミちゃんは「汚いッ、さっさと片づけてちょうだいッ」と、巨体のくせに子犬が吠えるかのような声を出したの。

ふたりのやりとりを生温かい笑みを浮かべて眺めながら、實はパーカーのポケットの上からやせる石鹸の箱の感触をそっと確かめたわ。そう、実はね、實はやせる石鹸を買っていたのよ。そして、そのことをマスターにもラミちゃんにも知られたくなかったの。色々問いただされそうで面倒だったのね。

實自身も、買いたいなんて思った自分にびっくりしたのよ。なんでこんなものが欲しくなるんだろうって、思わず自問したわ。

閑古鳥が鳴くばばぁ化粧品店で大人気商品と出くわした興奮が購買意欲を駆り立てたのか。

巨デブとして屈辱にまみれて生きてきた怨念が石鹸と結びついて化学反応を起こしたのか。

不可解な気持ちを言葉で整理しようとしたけれど、無理だった。どんな言葉も的からはずれてないけど、大当たりじゃなかったわ。なんにしろ、こんな石鹸でやせるかよと冷笑する気持ちを押しのけて、この石鹼が欲しいという気持ちがもくもくと心に広がったことだけは確かだった。

そんな気持ちをなおざりにしないで大事に育ててみたら、なにか今までと違う新しいものが芽生えてきそうな予感がしたのね。このまま店を出て忘れてしまったら、永遠に発芽しなくなるようななにかが。

「希求」

そんな名前がつくのかもしれない気持ちが、心の中で小さく点灯したの。

實は、幸福な未来が自分に訪れるなんて1ミリも期待してこなかったわ。暗黒の10代を生きている頃には、希求なんて自ら踏みつぶしてきたの。だから、そんな自分の揺らぎみたいなものに戸惑うしかなかった。

もしいらなくなっても、オークションで高値がつくだろうし。

實は、そう自分に言い聞かせ、2000円という石鹼にあるまじき対価をバアさんに払ってしまったわけなのよ。

お通しを食べ終わった實はカウンターに入ってシンクで小鉢を洗い、ポケットにやせる石鹼が入ったパーカーを脱いで、マスターやラミちゃんがめったに触らないシンクの下の棚に押しこんだわ。

やせる石鹸を買ったなんてことがマスターやラミちゃんにバレたら、「あんたバカじゃないの」とか「そんなもん買う金があったら土産にどら焼きでも買ってきなさいよッ」とか、さんざんやり込められるに決まってる。ふたり揃って、實の中で芽ばえかけているデリケートな希求なんて木っ端微塵にしようとするに違いないわ。言い訳するのは面倒くさいし、言われっぱなしも癪だと實は思ったの。

そうこうするうちに、最初の客が店の扉を開けた。小デブでオネエの馴染み客よ。

「あらー、いらっしゃい」ラミちゃんが威勢のいい声で小デブを迎えたわ。それから次から次へとデブの客が入ってきて、1時間もしないうちに『ぐるぐる』はデブで満席になったの。

6

辻堂拓也のプロジェクトの一員として本気で貢献したかったたまみは、見ている方が涙ぐんじゃうぐらい頑張ってたわ。拓也へのきゅんとした気持ちはもちろん、「欧米からやってくる顧客たちに日本食のすばらしさを伝える」という趣旨も、たまみが突っ走るための追い風となったの。

たまみは猛勉強をはじめたわ。もちろん、菓子だの肉だの食べながらだけどね。和食のテーブル作法だけじゃなく、料理や素材や酒、それぞれの由来や歴史、年間生産量や栄養成分や豆知識まですべて頭に叩き込んだの。その上、できる限り英語で説明できるよう、バイリンガル資料としてまとめたのね。

猛然と打ち込むたまみに、相変わらず母は無関心だったわ。ダイニングテーブルに本を積み上げて資料作りをするたまみの横でお茶を淹れるあいだ、話しかけもしないの。たまみはいつも、母が撒き散らす無関心のオーラが切なかったんだけど、いまは邪魔されないだけいいと思ったわ。

そして、辻堂拓也と社員たちが店に打ち合わせにやって来るようになると、たまみには猛勉強による知識があったぶん、いいアイデアをたくさん出すことができた。周囲の人に気づかれないように、こっそり拓也に間違いを指摘することもできたのね。

たまみがまとめた資料を目にした拓也は、とてもよく出来ているからぜひ使わせてほしいと言ったの。お客様に配布する資料としてよ。

たまみの資料は、いわゆる数字をまとめた商社のマーケティング資料とまったく違ったのね。豊富な情報に加え、二十歳の女の子としての視点や巨デブ怪獣・食べゴラスとしての視点も入っていたのよ。

「あなたの国のこの地方のこの料理は、日本のこの郷土料理と似ています。調べてみたらなんと、ルーツが同じだったんです。そのルーツとは……」みたいな記述が読み物としてもおもしろかったの。顧客の心を摑みそうだったのは、どちらかといえば商社の資料よりたまみの資料だったのよ。さらに、たまみの資料からヒントを得てメニューに加えられた料理も増えていったの。

外国からのお客様をもてなす食事会で、直接たまみが会話をする機会はそれほどなかったわ。でも、お客様からの質問が、飾られた生け花や料理に添えられた折り紙やツマモノの葉っぱに及んだとき、たまみの知識と英語力が輝きを放ったの。たまみは多くのお客様から、英語の発音のよさや気働きのあることをほめられたのね。

北欧から来た漁業関係のバイヤーは、たまみの資料とサービスに大きな魅力を感じたみたいだった。

「北欧の漁業関係者は自国で獲れた魚を日本に売ることばかりに注力しているが、自国内に和食をより広く根づかせることによってビジネスが拡大できるのでは」と熱く語っていたそうなのよ。拓也は嬉しそうに「それが現実的な話になったら、弊社もけっこうなビジネスチャンスを摑めそうです」と、たまみに話してくれたわ。

拓也との仕事がはじまって以来、たまみがあまりにも変化したので、女将さんや仲居さん達、料理人達や彩香ちゃんまで、刮目したわ。

たまみは、そう、きれいになったの。

「きれいになったねとか言っておやんなさいよぅ」と最古参の仲居が耳打ちすると、板長は「あんたみたいに突き飛ばされたら、俺、か弱いから吹っ飛んじゃうよ」と答えてた。

拓也は店に来るたびに、たまみになにか持ってきたわ。厳密に言えばたまみにじゃなくて店になんだけど、誰がどう見てもたまみのためだったのよ。かわいいカップケーキだったり、話題のシュークリームだったり、スタイリッシュなパッケージに入っているマカロンだったり、20代の女の子が喜びそうなものばっかりだったんだもの。

「いつもいつもじゃ、悪くていただけないです」と、たまみは恐縮したわ。

でも拓也は、「こんなに頑張っていただいて、なにが悪いんですか」なんて、受け取らざるを得ない勢いでたまみに差し出すのね。ふと気づくと、女将さんをはじめ、仲居さんも料理人さんも無言のニヤつきオーラ全開だったの。たまみはそのたびに、大炎上よ。

そんなこんなで数ヶ月が過ぎた頃、たまみは驚愕の一言を拓也から告げられたの。

「こんど、どこかに食事しに行こうよ」

天井がまわったわ。

なんてことを言うのだろうと、たまみは思った。

一瞬、頭をよぎったのは仲居さんの言葉だったの。

「あの若い人、たまみちゃんに気があるんじゃないの」

そんなはずない。そんなはずない。そんなはずない。

たまみは必死で心の中の粉騒を鎮めようと、即座に脳内の食欲中枢の神を起動したわ。

おまえに惚れる男がこの世にいるとでも考えたのか。

とんだ思い上がりだ。

たまみ、自分を見ろ。

おまえは、まごうかたなき巨デブ。

巨デブ怪獣・食べゴラスなのだ。

でも残念ながら、脳内の神は全能じゃなかった。

「だめですか」たまみの目をまっすぐに見る拓也の目に、神様はもろくも粉砕されたわ。

「だめじゃないですッ」変な声が出た。変な返事だったわ。

「休みの日とかは、なにしてるの？」拓也にそう聞かれて、「なにもしてないです」なんて、いかにもつまらない人間ですみたいな回答しかできなかったの。

「ただ生きてるだけ？」

「はい、ただ生きてるだけです」

たしかに巨デブの休日なんて、ラーメンと菓子パンと唐揚げをひたすら摂取するくらいで、あとはただの肉の塊ってだけなんだけど、なにもこんなに正直に言うことなかったわ。拓也は声を出して笑った。青年らしい笑い声。たまみはますます舞い上がったわ。体は巨デブでも、心はひらひら風に舞う花びらよ。

「じゃあ、今度の日曜日、6時頃でどうですか。有楽町（ゆうらくちょう）のイトシアの前で待ち合わせましょう」こうやってすかさずアポをとるあたりが、さすがに商社マンだわね。

帰って行く拓也の後ろ姿を、たまみは茫然自失（ぼうぜんじしつ）のていで見送ったわ。

「どうして、あたしみたいなデブを誘うんだろう。あたしに気があるなんてあり得ない。でも、じゃあ、どうして、あたしみたいなデブを誘うんだろう。でも、やっぱり、ばかな、あたしに気があるなんてあり得ない」

短時間内に、脳内の電気信号が頭の中を激しく回転したわ。たまみは、木の周りをグルグル回りすぎてバターになってしまった虎のことをムダに連想までしてしまったの。溶けたバターが、自分の巨体を首まで浸しそうだったわ。そしてもう一度、仲居さんの言葉が胸中に立ちのぼってきた。

「あの若い人、たまみちゃんに気があるんじゃないの」

立ち尽くしてたたまみは、女将さんからポンと肩をたたかれて、ハッとなったのね。振り返ると、女将さんだけじゃなくて仲居さん達までもが、たまみを取り囲んでいたの。たまみの体の半分のサイズのおばさん達が、たまみをがっちり取り押さえた。イモ虫(むし)にたかる蟻(あり)んこみたいだったわ。

「あんた、ちゃんとした恰好(かっこう)で行きなさいよ」

「化粧ぐらいして行きなさい」

「化粧品なんて持ってるの？」

口々に言われたけれど、たまみはそんなものほとんど持っていなかったわ。洗顔料と化粧水とリップクリームだけが持っているコスメのすべてよ。ファンデーションなんて、つけたこともなかったの。化粧なんかして歩いてたら、すれ違うすべての人に「化粧なんかする前にまずやせろ」とか思われそうな気がするんだもの。

女将さんは彩香ちゃんに「あんた一緒に出かけて、たまみちゃんの化粧品を選んであげなさいよ」と言ったんだけど、彩香ちゃんはぶんむくれ顔でイヤがったの。女将さんは

「しょうがないわね」と言って行きつけの美容室に電話をかけ、拓也と約束した当日に予約を入れたわ。たまみのヘアメイクを頼んでくれたのよ。

「たまみちゃん、ワンピース持ってたでしょ」仲居さんのひとりが言ったわ。

「あの、グレーのやつでしょ、レースがついた」別の仲居さんが言った。

「そうそれ、あれがいいと思う。かわいかったもの」

「あれじゃ寒いんじゃないの？」最古参の仲居さんが腕組みしてそう言うと、女将さんは「上にカーディガンでも羽織れば大丈夫よ」と、後押ししたわ。「ネックレスしなさい、チェーンが長いやつあるから貸してあげる。グレーのあれと合うと思う」

たまみも仲居さん達も女将さんも気づかなかったけど、彩香ちゃんはおもしろくなさそうな顔をしたまま店を出て行ったの。

たまみがおろおろしている間に、当日のドレスアップ作戦が完成したわ。

「女の子って、こういうのができるから楽しいのよねぇ」と、女将さんは言ったのね。たまみはなぜか、泣きそうな気持ちになったの。

7

店から帰る道々でも、たまみは足もとがふわふわしてる感じがどうにもこうにも止まられなかったわ。見慣れた景色が、現実のものではない気がするの。だって、だって、辻堂拓也とふたりで食事することになってしまったんだもの、重力ぐらいおかしくなるわよね。

家に着いたたまみは、まず冷蔵庫の前に直行して、扉を開けたわ。いつもそうなのよ。母がなにを買ったのか、珍しくなにか作ったりしてないかをまず見るの。母はほとんど部屋から出てこないから、へたをするとぜんぜん顔を合わせないでしょ。子どものときから母の動向は、冷蔵庫を開けることでしか、なかなかわからなかったのよ。

冷蔵庫は、聖母の偶像。

冷蔵庫前の小さな空間は、たまみにとって礼拝堂なの。

いまではまぁまぁ落ち着いているけれど、たまみが思春期で不安定だった頃は、この礼拝堂がたまみの心のよりどころだったのね。

たまみが最も不安定だったとき、それは、中学生から高校生までの4年間だったわ。

そのころ父は女の人ができて、家に帰らなくなったの。そして、ある日突然帰ってきたと思ったら母と対峙して、母が父に対して冷たく愛情がないことを責めたのね。母のせいで他の女に愛情を求めざるを得なかったと責めたてた。もう離婚してくれと、たまみの前で泣いたわ。

母は髪の毛一本ほども動揺しなかったの。財産分与はきちんとしてほしいと、冷静に言っただけだった。自分は夫の会社の役員として経営判断や実務の多くを担ってきたわけだから、資産の半分を受け取る権利があると主張したのよ。父には言いたいことがいろいろあったみたいだけど、母の言い分をあっさり飲んだわ。よっぽど早く別れたかったのね。

とはいえ、父の会社には現金はあまりなかったの。現金で足らない分は、この家と土地の権利を半分に分けて、道路に面したほうを母に与え、父がこの家を出て行くことで補うことになったわ。

父は新しい女と新生活をはじめる気まんまんだったから、たまみを連れて行く気はさらさらなかったの。すると母は、自分一人でたまみの面倒を見ていくのは無理だと言ったのね。「じゃあ、あたし死ねばいいのかな」って、たまみは思ったの。

たまみは泣いたけど、そんなときはいつも聖母・冷蔵庫様がささやきかけてくれたのよ。

「安心していいのよ、ふたりともたまみを見捨てたわけじゃない。だってほら、たまみが食べていい食べ物がこんなにいっぱいあるのよ。買い物するのだって大変なの。お金もかかるし、重たいものを運ばなきゃいけないし。外に出かけるのが大嫌いなお母さんが、なんのためにお買い物すると思うの？　ぜんぶ、たまみのためじゃない」

たまみは、食べ物を口に運ぶのが止まらなくなったわ。もうやめなくちゃと思っても、どうしても止められないの。気がすむまで真空パックの焼豚や、値札シールがついた春雨サラダや、紙の袋に入った照り焼きチキンを嚙んで嚙んで嚙みしめたの。そして満腹になると、眠りの中に逃げ込んだのね。

翌年、たまみは中学3年生。受験生になっていたわ。

父の会社は取引先の倒産の煽りを食らって、危機に陥ったの。父は迷子の犬みたいな顔をして、1年ぶりにこの家にやって来たわ。受験勉強中のたまみがいる部屋の隣の居間で、母に金を貸してくれと言ったのね。

この家の、父が権利を持っているぶんは、とっくに抵当に入っていたわ。銀行にむしり取られるのは時間の問題だったのよ。父は運転資金を調達しようと走り回ったんだけど、とうとう万策尽きて母に泣きついたのね。母の家の権利を担保に金を借りてくれないかって。土下座して頼んでたわ。

母は、知りませんと突っぱねた。離婚前は役員報酬を受けていて、それを貯めていたようだから、すこしぐらいはお金があったはずだけど、一切、父を助けようとはしなかったの。それは、他の女を選んだ父に対しての怨みからじゃなくて、父を助けることに対する関心がゼロという感じだったのね。

会社は潰れ、父は新しい女も捨てて失踪したわ。いまは、生きているか死んでいるかもわからない。

たまみは一部始終をそばで見ていて、「お母さんはいざとなったら、私のこともためらいなく捨てるんだろう」と思ったのよ。

その頃から、たまみはまわりの空気がゼリーのような粘度をもって、自分の中に侵入してくるという感覚に襲われるようになったの。

ゼリーはたまみの精神を乗っ取り、全世界を破壊してから自滅してやるみたいな意志を持っているように感じられたわ。怖かった。とにかく怖くて、たまみは怯えながら生きるしかなかった。改善策なんて、中学生に思いつくわけがないのよ。食べて紛らわすぐらいしかできなかったの。

たまみはまじめな子だから、そんな状態であっても無理して学校には行ってたわ。

中学3年生のクラスの中は、受験を控えてちょっとギスギスしてたの。進学校を受験する生徒と入学できるならどこでもいい生徒じゃ、当然ながら温度差があるでしょ。推薦の枠に入れたとか入れなかったとか、中学生ながら本音を隠して乗り切らなきゃならない局面が多発する時期じゃない。それに加えて、誰が誰に告白したとか、それを誰が言いふらしたとか、誰が誰を裏切って誰と仲良くしてるとか、そういうのも渦巻いてたから、もうストレスの坩堝よね。普通に参加してるだけでも大変なのよ。

そんな、ある日の昼休み。

自分の席で参考書を開いていたたまみに、お調子者で器が小さいと女子に陰口を言われてるような男子生徒が、突然たまみに言ったの。

「てめぇみてぇなデブ、どこも受かんねぇよ」

数人の男子生徒が声を出して笑い、数人の女子がこれ見よがしに下を向いてニヤついたわ。おとなしいたまみをスケープゴートにしようとしたのね。

成績がいいたまみには、どこにも受からないなんて心配はさらさらなかったわ。普段だったらスルーするような言葉だったの。でも、このときたまみはゼリー問題で揺らぎに揺らいでいたでしょ。塩酸でもぶっかけられたような激痛を心に感じちゃったのよ。

たまみは立ち上がって、悲鳴のような声をあげたわ。

「私、なにも悪いことしてないじゃない。なんで傷つけられなきゃいけないの？」

男子生徒に言っているようでもあり、神様に言っているようでもあるこの言葉を吐き出したとき、涙がぼろぼろ止まらなくなったのね。普段は無口なたまみだったんだけど、黙ってるとゼリーに口をふさがれそうで、言葉を出し続けなくてはと焦ったわ。

「私、人に嫌われないようにしようと一生懸命やってきたよ。なにをしても、なにをあげても誰にも仲良くしてもらえないけど、一生懸命やってきたんだよ。気まぐれで仲良くしてくれるだけでも、うれしかったから。翌日にはみんなといっしょに私をデブって嗤うんだとしても、それでもうれしかったからだよ」

「なに言ってんの？　デブ語は通じないんだけど」男子生徒は、そう吐き捨てた。教室中に笑いが巻き起こったわ。たまみはもう、男子生徒に返答しなかった。ゼリーから逃れたくて、言葉を吐き出し続けたの。

「私が太ってるのは、弱いから？　だらしがないから？　豚みたいに食べるから？　ぜんぶ本当だよ。言われなくてもわかってるよ。冷蔵庫の前に行くと、自分をコントロールできないの。そんな自分が大嫌いなのに、できないのよ」

たまみのまわりの空気がドロドロの濃密なゼリーとなって、もがいたところで抗えそうになかったわ。もう呑み込まれてもいい、死にたい、その前にこいつを殺したいと思った。怒りと悲しみで顎が膨らんでいくのが自分でわかったの。

たまみの目つきが尋常でないことが、たまみをからかった男子生徒にだけわかって、そいつに恐怖の表情が浮かんだとき、たまみの背後から声が発せられたの。

「トイレ行こう」

振り返るとそこに、遠藤(えんどう)よき子というクラスメイトが立っていたわ。

よき子はたまみほどではないけれど、巨デブなの。

たまみになにが起こっているのか、すべてわかっているという表情をしていた。その表情を見て、たまみは我に返ることができたわ。

よき子はデブだけれど、たまみと違って友達がいないわけじゃなかったの。いつも数人のグループで行動してた。それは、よき子が明るくて快活な女だからではなかったわ。よき子の武器は、二面性だったの。面倒見がよくて頼れる巨デブである一方、よき子は恐るべき殺傷能力を隠し持つ女でもあった。まるで、スイスアーミーナイフのような心を制服に忍ばせた、巨デブ女アサシンだったのよ。

普段のよき子は、友達にしておきたいタイプの女だった。仲良くしている友達にいろいろな物や情報を気前よく差し出したし、役立つことをいろいろしてあげてたわ。たまみと違って、どんくさいところがないの。友達にあげるシール1枚までダサいものなんてひとつもなくて、漫画だったり小物だったりも人気の物をいち早く手に入れて貸したりあげたりしてたのね。アンテナの感度が高いよき子が持ち込む話題でクラスが盛り上がることも多かったわ。自分が中心となるように場の空気を作るのがものすごく上手だったの。

さらによき子は、人の欲望に敏感なの。鼻がきくのよ。巨デブ女スパイとして暗躍したよき子のおかげで、片思いの相手とつきあえるようになった子が何人かいたの。人気のある生徒の好みのタイプとか、よき子はぜんぶ摑んでた。クラスのほとんどの女子がよき子に相談してたのね。

恋愛以外のことだって、よき子に泣きついてくる生徒は大勢いたわ。ケンカ別れしていたところを、よき子のおかげで仲直りできた元親友達もいた。

一方で、よき子の悪口を言ったり、のけものにしようとした生徒は、恐ろしい目にあわされたわ。そのとたん、よき子はナイフを片手に暗中飛躍する女刺客に早変わりするのよ。

よき子は常にクラス中を注意深く監視しているから、よき子の悪口を言ったりするバカは簡単に、察知された。そして、痛恨の報復を受けることになったの。

いちばんバレたくない秘密が最悪のタイミングでバレて友達を失うように仕組まれたり、親が職員室に呼び出されて顔色を失うことになったり、そんなクラスメイトが何人かいたわ。最終的にそいつらは鼻つまみ者になって、ひたすら存在感を消して卒業を待つしかないみたいな状況に追い込まれていったのね。よき子に恩がある生徒達はよき子を絶対に噴火させないように気を遣っていたし、弱みを握られている子も大勢いたから、少なくともよき子の前では誰も彼女の敵と仲良くできなかったのよ。

「あんなふうに泣いちゃダメだよ」

　よき子はボロボロ涙を流しているたまみをトイレに連れて行くと、ちょっと冷たいトーンで言ったわ。

「泣いたって、なんにもならない。かわいい子が泣いたり怒ったりしたらみんなびびるけど、デブが泣いたってみんな嗤うだけ、デブが怒ったって嗤うだけだよ。泣き損なの。怒り損なんだよ。あんた見てると、なんにもわかってなくてイライラするんだよね」

「でも、あたし、あたしね、あたしはね」たまみは、しゃくりあげていてうまく話せなかったわ。すると、よき子はたまみを睨みつけて言ったの。

「無理して喋んなくていいよ。聞く気ないから。うちになにか理解してもらおうなんて思わないで。あんたと仲良くする気、ゼロだから。うちとあんたが仲良くつるんでたら、どう見られる？　巨デブユニット・よき子とたまみ？　ないない、ないからそんなの」

　そう言って、よき子は嗚咽するたまみを残してトイレから出て行ったわ。


　ぎりぎりな感じでたまみが受験勉強を続ける中、たまみの母は仕事をはじめたのね。

　父の会社の役員をやっていた頃からの顔見知りの多くが、母が離婚したと知るやいなや、続々と母に接近しはじめたの。でも、いきなり性的なアプローチをしてきた男性は、門前払いを食らったわ。そいつらみんな、妻帯者だったしね。母は、ビジネスの話をフックとして関係を深めようとした男だけを相手にしたのね。相手にすると言っても、普通に電話に出るとかそういうことだけど。

自分の会社の経理をやれとか、そういう囲いたい系の話は問題外だった。母を事業主として新規事業を立ち上げたいという話が来るまで、母はどんな話も突っぱねたの。

母よりちょっと年下の、ちょっと二枚目な文房具卸の会社の社長さんが、母に補正下着の輸入販売をするというビジネスの話を持ちかけてきたわ。たまみから見ても甘ちゃんな匂い満載の、人の良さそうな3代目社長だった。

その社長さんはスーパーやホームセンターなどに販路を持っているから、別部門を設立して商売を拡大したいと言ったのね。その部門長をやらないかって、母に打診したの。母は「同じ会社の別部門にするより、別会社を設立したほうがいいんじゃないの。だったら私が代表取締役になります」と提案したわ。社長さんもそれに賛同したの。女性向けの商品だから、女性が社長のほうがいいだろうって。

そのビジネスは、けっこうイイ線いったのよ。

社長さんの会社は通販のストラクチャも持っていたから、母は存分にそれを利用したのね。リアル店舗と通販をあわせて、けっこうな売り上げになったわ。倉庫は社長さんの会社のを使えたし、営業や出荷作業はそこの従業員にやらせたので、母は部屋の中で帳簿仕事や電話仕事、サンプルの中から仕入れる商品を選んでいくだけで、けっこうな収入となったの。

ある日、学校でたまみの進路についての三者面談があったんだけど、たまみがいくら待っても母は来なかった。

「お母さんから電話があって、急病でこられなくなったそうだ」担任の教師にそう言われたわ。

たまみは、また自分のまわりの空気がゼリーに変わりはじめるのを感じた。急病だなんて、嘘っぱちだとわかっていたからよ。

たまみが帰宅すると、母は部屋の中で社長さんと話していたの。

聞き耳を立ててみると、社長さんが母に求愛してるところだったのね。

社長さんは奥さんと離婚調停中で誰かと恋愛しても問題はないし、ゆくゆくは結婚してほしいと母に言っていたわ。母は、「なにも男女の関係になって仕事をややこしくしなくてもいいじゃないの」と答えてた。利益は充分出しているんだから、これ以上求められても困るって。冷たい声だったわ。

社長さんは逃げられると追いたくなるタイプみたいで、なおも食い下がっていたけど、ドライな母に半泣きになって、「どうして人にそんなに冷たくできるんだよ」と言ったわ。

「そうだよ」と、たまみは思った。たまみだって、小さい頃から母に聞いてみたかった。

「どうして、人にそんなに冷たくできるの？」

小さい頃から、母のイメージカラーは白だった。白は、拒否の色よ。何にも染まらないから、純白でいられるの。母はいつだって、真っ白な繭の中にいる。繭の中に届くのは、母が聞きたいと思った声だけ。それ以外は、我が子の泣き声すら届かない。

社長さんは、母にむかって言ったわ。

「こんなこと、口をはさむ立場じゃないけどさ。前の旦那、かわいそうだったんじゃないのか。女を作って逃げた旦那だったかもしれないけどさ、たまみちゃんの父親なんだろ。養育費だってずいぶん余計に払ってたみたいじゃないか。会社が傾いたとき、金は貸さないにしたって、まわりの人間に助けてやってくれって頼むことぐらいできただろう」

「あたしには関係ないもの」母は、無機質な声で答えた。

あまりにも事務的すぎるので、社長さんの口ぶりがやけに生々しく感じられたわ。

「関係ないことないだろ。この家の半分は抵当に入ってるんだし。結婚もしないで、これからどうするんだよ」

母は、これっぽっちも調子を変えずに話したわ。

「この土地はね、私が持っている道路に面した半分がなかったら、全く価値がないの。売ろうとしたって、奥だけじゃ無理。競売に出したって、誰も買わないわ。銀行は調査が甘くてあの人にお金貸しちゃったけど、失踪されてはじめてそれがわかったのよ。私の持ち分を売れって言ってきたけど、無視したわ。ずっと無視してたら、今度は奥の方を買ってくれと頼み込んできたの」ちょっと口調に笑いが混ざってきたわ。

「二束三文の値段まで下げてきたら、買ってあげるつもり。それで、この家全部を手に入れられる。そしたら、こんな家は売っちゃってもいいの。道路側とあわせれば、価値が全然違うのよ。いい値がつくでしょうね」

賢く、したたかで、清々しいほど自分のことしか考えない母。

この家を売るとか売らないとかも、ひとりで勝手に決めていたわ。ここはたまみの家でもあるのによ。母の言葉の中にはきれいさっぱり、たまみの名前は出てこなかった。そのときが来たらなんの迷いもなく、たまみに「解散」と告げるつもりだとわかったのよ。

たまみは、なんか無力感にとらわれちゃったの。

「三者面談に来ないなんて娘の将来をどう考えてるんだ」って母に言いたかったけど、この人はなにをどんなに責められたって、1ミリも心を動かさない。こんな人に、とてもとてもかなわないって思ったからよ。

もともと成績がよかったたまみは、人から「すごいじゃない」と言ってもらえる高校に合格したわ。

合格通知を、母は「置いといて」と言って、見もしなかった。母とは対照的に、叔母がおおはしゃぎして祝ってくれたの。たまみはゼリーの中にいて、全然はしゃげなかったんだけどね。

親が来ない卒業式と、親が来ない入学式があって、たまみは女子高生になった。学校生活は中学のときと違って、いくぶん楽になったの。名門校だけあって、ガラの悪い奴や頭の悪い奴はいなかったからね。でも、間合いを詰めさせてくれない感じは、中学の頃の同級生以上だったたわ。

1学期の期末試験が終わった頃、母の仕事に異変があったの。

社長さんの会社のお得意さんが倒産して、文房具卸の会社がピンチに陥ったのね。社長さんは母の補正下着の会社の金を融通させようとしたんだけど、母が首を縦に振らなかったの。

「そっちの会社は、もうダメよ。取引先が潰れたからダメになったんじゃない、商売が今の時代と合ってないの。あなたが卸してる文房具を買うような人は、もう百均でしか買わなくなってるわよ。資金を突っ込んだところで、モノは売れない。今はどうやって会社をたたむか、それを考えるときでしょ」母は、こんな日が来ることはわかってたみたいに冷静にそう言ったわ。

「見殺しにするのか。だったらそっちの会社も廃業させてやる。こっちの従業員を見捨てて、そっちを生き残らせるなんてできるか。ふざけるなよ」3代目である社長さんは、従業員に土下座して会社をたたむことなんて、怖くて想像もできなかったの。子どもの頃から、文房具卸の会社がない人生など想定してなかったんだもの。逆上して声を荒らげる社長さんに、母は動揺する気配もなく言いきかせた。

「落ち着いて。従業員だって、誰もあなたを責められはしない。昔の会社は平均寿命30年だったけど、いまは平均なん年だと思う？　7年よ。倒産とかリストラなんて、会社に勤めてれば当たり前のリスクじゃないの。責めるなら、リスクを想定できなかった自分を責めろと言ってあげればいいの」

たまみは、そんな話を盗み聞きして、鳥肌が立つほど怖かったの。

「私もリスクを想定しないといけないってことかな」

経済的に追い詰められたら、母はあっさり自分を捨てるだろうと思ったからよ。娘の将来を守るために身を粉にして働くような人間じゃないもの。学校なんて、やめさせられるわ。そして住むところもなく、放り出されるに違いないと思ったの。

社長さんは、そんな話をどうやって受け入れればいいのかわからないという空気を出してたわ。そんな社長さんを母は懇々と諭した。

「経営者は、絶対に倒産なんか怖がっちゃだめなの。それよりも、これからのことを考えるのよ。うちの資金を文房具卸に突っ込むんじゃなくて、そっちの倉庫を激安でこっちに売却して。可処分なものはうちに回すのよ。あなたはこっちの会社の役員を退任して。うちとそっち、まったく無関係な会社にして。それなら、そっちが破産してもなにもかも取り上げられることはないわ。うちに残るんだもの。きれいに清算したら、あなたにはなにも背負うものはない。安心してうちでやり直せるのよ」

「まだ、どうにもならないわけじゃないよ」社長さんがそう言うと、母ははじめて強い口調で言ったの。

「地獄を見る人間は、なめられる人間よ。あなたみたいな人よ」

とどめの一言だったわ。

「なんとかなるだろうと思って、個人で借金してまで会社を潰すまいとして、みんな地獄へ落ちていくの。いままで一緒にいた人間と離れたくないってだけで、必死でなんとかしようとするのよね。ひとりになるのが怖いんでしょ。だから地獄に落ちるのよ。ちゃんと考えなさい。あなたが喘ぎ苦しんだって、みんな嗤うだけよ。生きるためには、孤独なんか恐れてちゃだめなのよ」

結局、社長さんは母の指図通りにしたの。

社長さんは破産者になったので、母の会社の役員じゃなくて従業員になったのね。母から給料をもらってるの。「実質上は共同経営者で、利益はお互いが納得する割合でシェアする」ということで、母とは折り合いがついていたわ。でも、実質上っていうのを厳密に見ると、どうかしらね。倉庫作業や出荷作業、配送や営業、大変なことは社長さんひとりでやっているんだもの。母は今までとぜんぜん暮らしを変えないまま、収入はずいぶん増えたのよ。もちろん、社長さんと男女の関係にもならずに。

毎日汗をかきながら家に来る社長さんと、いつも家の奥に音もなくたたずむ母を見ると、働きアリと女王アリみたいだった。女王アリどころか、この家で微動だにせずにチャンスを待ち確実に利益を手に入れていった母は、アリ地獄みたいだとたまみは思ったわ。

2学期が始まる頃、今度はたまみに異変が起きたの。

なにか、きっかけがあったわけじゃなかったわ。たまみは冷蔵庫の中がくさいと感じはじめたの。

聖母・冷蔵庫様の中でなにかが腐っているのではないってことは、すぐにわかったの。プラスチックとかビニールとか、そういうものが焦げたような、頭痛がするみたいな臭いだったのね。

冷蔵庫様の中をひっかきまわして、やっとわかった。これは、自分の脳が勝手に臭いを感じてるだけなんだって。

たまみは、冷蔵庫の中のものがくさくて食べられなくなったわ。ビスケットだとか、クラッカーだとか、そういう歯くそ菓子しか食べられなくなったの。さくさく嚙むとじゅんわり溶けていくその感触だけが、聖母様からまでも突き放された喪失感を忘れさせてくれるものになったのよ。

ゼリーの仕業だって、たまみにはわかってた。

ゼリーが、もうすっかり体の中に入り込んで、たまみの巨体に充満しているような気がしたわ。脳内を征服したゼリーにコントロールされたように、たまみはコンビニで貯金をおろし大量の小麦粉系の菓子を買い込んで、ただただ食べたのね。頭の回転が鈍く鈍くなって、なにかについて考えようとしても働かないのよ。

さすがの母もおかしいと思ったらしくて、「どうかしたの?」と、声をかけてきた。

「うるせぇッ」

脳天を突き抜けるように高い、大きな声がたまみの口から出たわ。そんなこと、生まれて初めてのことだった。

「あんた、三者面談にも卒業式にも入学式にも来なかったくせに、どうかしたのじゃねぇんだよ。おまえなんか最低の母親だろ。あたしがどんなに我慢して我慢して我慢してきたかわかるか。くそ女。男たぶらかしてばっかいんじゃねぇよ。クソが。おまえなんかクソなんだよ。いつか、怨みを晴らしてやる。クソみたいなおまえのクソみたいな人生なんか、クソみたいに踏みつぶしてやる。おまえの見る夢までクソまみれにしてやるからな」

たまみは別人みたいな顔つきで、緑色のスライムを噴き出すように罵声を吐いたわ。もちろん母は、毛筋ほども動揺しなかった。

「あんた、みっともないわね」そう言って、部屋に戻って行ったの。

このとき、たまみの意識はゼリーに占拠された脳内で牢につながれていたんだけど、その気持ちは、誰にも想像できないと思う。超絶に美しい母親から「みっともない」って言われた巨デブの娘にしかわからないような気持ちだったのよ。

「あんた、みっともないわね」

その言葉は、空気の振動が鼓膜に伝わったんじゃなかったわ。どろどろした液体をバケツで顔にぶっかけられたような感じだった。たまみの肉体は歯くそ菓子を狂ったように口に放り込んだ。そして咀嚼しながら、ふふふと笑ったの。口からぼろぼろこぼしながらね。

学校では、たまみの行動がおかしいと、生徒達が恐がりはじめてたわ。独りでブツブツつぶやきながらニヤニヤしたり、誰も呼んでないのに振り返ったり、校門のところに植えてある木の葉っぱをぜんぶむしったりしてたのよ。

そして事件は、数学の授業中に起こったの。

授業中にたべっ子どうぶつを、動物の名前を見もしないで次から次へと口の中に放り込んでいたたまみから、数学教師が箱を奪い取ったのね。

「こんなものばっか食ってるから、ブクブク太るんだろ」そう言って、たべっ子どうぶつの箱でたまみの頭をぽこんと叩いたの。箱の中身が飛び散って、たまみの頭やでかい肩や机や床に散乱したわ。教室の中に、クスクスと笑い声が響いた。

たまみは、数学教師の前歯を3本折ったの。

小一時間後には数学教師は病院に、たまみは警察署にいたわ。たまみは調書をとられて、帰されたのは夜だった。迎えに来たのは母じゃなくて、叔母さんだったの。警察署で連絡先を書かされたとき、たまみは母と叔母の両方の連絡先を書いたのね。

警察で「この子は精神科で診てもらったほうがいい」と言われた叔母は、びっくりしてたまみをクリニックに連れて行ったわ。医師は問診や心理テストを行って、心因反応という一時的な心の病だと診断したの。叔母は、たまみを抱いて泣きじゃくったわ。気づいてあげられなかった、本当にごめんなさいと何度も言いながら泣いたの。たまみも、大声を上げて泣いたわ。

泣き声を上げるとともに、たまみは体の中を満たしていたゼリーが溶けだしていくのを感じたの。ゼリーは消えたわけではなく、体外に排出されるのでもなく、普通にタンパク質として真皮(しんぴ)層の細胞に溶けていく感じだったのね。

たまみが高校を退学したばかりの頃、叔母さんはたまみを食事に連れて行ったの。

ふたりだけで、フラメンコショーの上演があるスパニッシュレストランに行ったのね。

そこで叔母さんは、ちょっと不思議なことを言ったわ。

「たまみちゃんのお母さん、変わった遺伝子持ってるんじゃないかしらねぇ」

「遺伝子？」たまみは、なんのことだろうと思った。

「お馴染みのお客さんで、遺伝子の研究みたいのやってる人がいてね」叔母さんはナプキンで口を拭(ぬぐ)って、本格的に話しはじめたわ。

「遺伝子ってさ、受容体っていうのがあって、それがなんか変わってる人がいるらしいのよ。男の人に多いらしいんだけど、女にもいるんだって。そういう人はね、愛しあうとか理解しあうとか、わかちあうとかさ、そういう気持ちが全然ないんだって」

フラメンコダンサーが激しく地団駄を踏んで、熱情や愛や嫉妬(しっと)や悲しみを表現していたわ。叔母さんは、それを眺(なが)めながら続けて言ったの。

「人間らしい情とかさ、ふれあいっていうの？　そういうものが理解できないらしいのよ。だから、結婚しても別れちゃう場合が多いらしいのね。これまで、たまみちゃんの前でお母さんのことあれこれ言うのは避けてたんだけどさ、それを聞いたとき、真っ先にたまみちゃんのお母さんが頭に浮かんだのよ。たまみちゃんのお母さんも、とりつく島がない感じがするじゃない。正直言ってあたし、ああいう人、初めて見たの」

それを聞いてたまみは、なんとなく救われる気がしたわ。

まず、母が変わっていることに気づいてくれている大人がいるというだけで、ものすごくありがたかった。子どもがかわいくない親はいないとか、親のありがたみを知れとか、そういう雑な一般論で、たまみは言いたいことを封じ込められてきたのよ。ましてや母の美貌(びぼう)に幻惑されている大人は、たまみの気持ちになんか無頓着(むとんちゃく)だったわ。そんなたまみが抱いてきた苦しみに寄り添ってくれる人が、こんなに身近にいるってわかったんだもの。

さらに、問題は巨デブな自分にあるんじゃなくて、母の側にあるんだって言ってもらえたのよ。それはまるで、無罪判決みたいに聞こえたわ。遺伝子のせいにできるなんて、神様のせいにできるのと一緒でしょ。

そんな経緯があって、たまみは叔母が女将を務める店で働きはじめたわ。叔母さんは、たまみちゃんなら大歓迎と言ってくれたの。

それから、3年が経った。

たまみは、女将さんと仲居さんたちがすすめてくれたグレーのワンピースを体にあて、鏡を見てみた。鏡は嫌いなはずなのに、こんなに鏡を見たいなんて、どうしちゃったんだろうと思ったわ。

ついに、男の人とデートする日がやってきたのよ。つい先日までは、そんな日が来るなんてことは一生ないと思っていたわ。でも、そうじゃなかった。長く厳しい冬を越えて、幼虫が地上に出る日はやって来る。雪解けのあとに、ぶなの枝が芽をつける日もやって来るわ。

地球の重力が10分の1にならない限りあり得ないことなんだけど、たまみはなんだか体がふわふわと浮いてきそうだったの。

傷だらけだった少女時代が終わる日が来る。

やっと来る。

そんな気がしたからよ。

8

初めて辻堂拓也と食事する日、たまみは予定通り女将さんの行きつけの美容室に行って髪を切り、化粧してもらったわ。プロに化粧してもらった顔を鏡で見ると、きれいにラインを描いてもらった唇とか、明るい色を差してもらった鼻とか、化粧していない顔より好きになれそうだった。

巨デブだし化粧しても嗤われるだけだって思っていたけど、化粧は自分を好きになるためにするものでもあるんだなって、今さらながら思ったの。そんな当たり前でしょうがないことさえ、今まで知らないできたのよ。

「お店以外で会うの初めてだけど、洋服似合うんだね。当たり前か」

ドレスアップしたたまみを見て、辻堂拓也はきちんとほめてくれたわ。

それから「イタリアン、好き？」と拓也は聞いてきて、たまみが「はい」と返事をすると、にっこりした。そして、数寄屋橋にあるレストランにたまみを連れて行ったの。ビジネスマンの拓也は普段は早足で歩くのだろうけど、さりげなくたまみに歩調をあわせてくれてるのがわかったわ。「すれ違う人にはゾウとゾウ使いの青年に見えているだろうな」とたまみは思った。でも、拓也と街を歩いているというシチュエーションに思考能力を著しく低下させられたせいで、そんなことは気にならなくなってしまったのね。

「かっこいい店じゃなくて、ごめんね。でも、おいしいんだよね、ここ」

店の前で拓也はそう言った。どんな店だって、たまみにとっては舞踏会のお城だったわ。拓也の笑顔は、夢の王子様みたいだったんだもの。

料理もワインもまかせると、たまみは言ったの。ゼリー以外はなんでも食べられますからって。拓也が取り分けた料理を緊張して食べるたまみを見て、拓也はちょっと心配そうに「おいしい?」と聞いたわ。「おいしいですっ、すごくおいしいですっ」と、たまみが素っ頓狂な声で答えると、拓也は「よかった」と言って目を細めた。食べれば食べるほど拓也はうれしそうだったわ。自分が食べるよりも、おいしそうに食べている人を見るのが好きみたいな表情だったの。だからたまみは、恥ずかしいのを乗り越えて頑張って食べたのね。

全体的に、話題は食べ物のことばっかりだったの。まぁ、いっしょに食べ物の仕事をしてるわけだし、自然にそうなったのね。拓也はイタリア料理にけっこう造詣が深くて、ウエイターが運んできたローストチキンについている香草のことや、グラタンのチーズの種類のことなど、話題が尽きなかったわ。鼻につくうんちくでは全然なくて、気持ちがなごむ話を挟んでくるの。

「日本に目からうろこって言葉あるでしょ、イタリアでは目から生ハムなんだって。なんで生ハムなんだよ、どんだけ目がでっかいんだよって思ってさ。イタリア人に聞いてみたら、オレにもわからないけど聖書に書いてあるんだよって。そんな昔から生ハムがあるってのにまたびっくりしちゃってさ」なんて、ユーモアたっぷりに話してくれるのよ。そんな拓也の解説を聞いていると、緊張がだんだん解けてきたわ。

それだけじゃなくてね、拓也は料理を取り分けるときに、必ずいちばんおいしそうなところ、いちばんきれいなところを皿に載せてたまみに差し出してくれたのね。客に給仕する仕事をしてきたたまみには、皿の置き方ひとつでそこに気持ちがこもっているかどうかがわかるの。たまみを楽しませようとしてくれている拓也の気持ちが伝わってきて、もうそれだけで、今まで食べたどんな料理よりもおいしく感じられたわ。三色そぼろ弁当なんか、これに比べたらおが屑よ。

「僕はドルチェいらないけど、食べるでしょ。ジェラート、おいしいよ」拓也はそう言って、ドルチェのメニューを差し出したわ。

「私だけなんて、そんな」たまみは戸惑ったけど、拓也は本当は食べたいんでしょ的に「おいしいよ」と言って、白い歯を見せたの。

もう、言いなりになるしかなかったわ、要するに、ノックアウトされちゃったのよ。

拓也によく思われたい。

拓也によく思われたい。

最初の食事は、それしか考えられないまま終わったのね。

それから、たまみは拓也とメールのやりとりをするようになったの。

メールはしやすかったわ。仕事の話から入ればいいわけだからね。最初はどぎまぎしたけれど、そのうち拓也からメールが来ないときは今か今かと待つようになったの。携帯電話の画面をじっとり見つめるたまみの目撃情報が、和食店のバックヤード内を駆け巡ったのよ。

「そんなに待ってると、メールって来ないものよ」女将さんが笑いながらそう言ったわ。

「違いますよ、辻堂さんからのメールは仕事のですッ。そういうんじゃないんです、信じてくださいッ」

たまみは必死で主張したけれど、「サルのケツみたいな真っ赤な顔して言われてもねぇ」と、うすら笑いを浮かべた板長にそう言われてしまったわ。体中の水分が蒸発して、残された体はラードのみになってしまいそうだった。

たまみにとって、それは貴重な経験だったわ。

まわりの人に冷やかされて、「そんなんじゃありません」とか真っ赤な顔で言う日が来るなんて、そんな経験ができるなんて、たまみもたまみの周囲の人間も、たったの一度も想像していなかったんだもの。世間の誰もが経験しそうなことでも、巨デブには無理だろぐらいに思ってたの。

でも、世間の誰もが経験することを自分も経験することによって、人は世の中に居場所を得た感覚を持てるのよね。

そう、これはただの恋じゃなかったの。

いままでたまみは自分自身を、ゴミ箱に捨てられる脂身のかたまりぐらいにしか思ってなかったの。ところが、この恋はそんなクソみたいな自己イメージをがらっと書き換えてくれる、いわば「変革」だったわけなのよ。男の子のチカラって、すごいのよね。

数日後、拓也ははっきりと「デート」という言葉を使って、たまみを映画に誘ったわ。

たまみは、着ていく服がなくて困った。うんと以前に見たドラマの台詞（せりふ）に「女って、クロゼットの中にいくら服があっても、デートに着ていく服がない」というのがあったんだけど、こういうことかと思ったの。

ネット通販じゃ間に合わないから、LLサイズ専門店に飛び込んでチュニックワンピースとブラウス、そして大判のストールを買ったのね。あと、オーガンジーで作られた花のコサージュも買ったわ。ワンピースと同じ色味で、そんなに存在感はなかったけど、かわいかったの。高かったけど、奮発したわ。拓也に目にとめてもらいたかった。ほめてもらいたかったのよ。

待ち合わせは日比谷だったわ。

新しい服が拓也に好評で、コサージュも「かわいいね」と言ってもらえた。それだけのことなのに、神様とLLサイズ専門店に永遠の忠誠を誓いそうなぐらいうれしかったわ。

映画が始まると、こうして男性と並んで映画を観ている現実にめくるめいてしまったの。本当にここにいていいのかって、何度も何度も何度も誰かに聞きたかったわ。拓也といっしょに観ていると思うと、映画館の椅子も床も、前にすわってる女の悪趣味な帽子までもが愛おしかった。

その日に観たのは、韓国の映画だったの。ある日突然20歳に若返った老婆が、50年前の時代では脚光を浴びようもなかった才能でブレイクして、50年前では経験しようもなかった恋をする映画なの。夢みたいな、奇跡の大逆転よ。でもヒロインは結局、息子を救うために手にしたものを手放すかどうか決断を迫られるの。

息子は、涙ながらに母に言うのね。

「お母さんは僕を育てるためにあらゆることを犠牲にしてきたんだから、もう僕のために夢を捨てないでほしい。人生をやり直してください」って。

泣きじゃくる息子を抱きしめながら、彼女は言うの。

「何度やり直したって、あんたを産みたい。あんたに会いたいんだよ」

観客達は涙していたわ」

映画が終わると拓也は、高層ビルの上にある韓国料理店にたまみを連れて行ったの。

「韓国映画を観た後って、金属の箸でごはん食べたくなるよね」そう言って拓也は、ひとつひとつメニューの解説をしてくれたのね。銀色の箸とスプーンでピビンバを混ぜながら、拓也は映画の感想を話したわ。

「いい映画だったと思うけど、あんまり母性愛至上主義みたいなのをばら撒く感じはどうだろうって、そんなふうに思う自分もいるんだよね。母親とはあそこまで子どもを愛するものだみたいに言われてる気がして、100パーセント頷けないっていうか。なにもかもを犠牲にするまではできない母親だって、普通に母親なんだしさ。あんまり母性を神聖視するのって、母親にとっても子どもにとっても、いいことばっかりじゃないような気がする」

拓也の言葉に、たまみはちょっとどきっとしたのね。

拓也の隣で映画を観ながら舞い上がる一方で、心の片隅でなんとなくモヤモヤしていたこと。こんな母親ばっかりじゃない、少なくともうちの母親は違うという思い。はっきり言葉になってたわけじゃなかったんだけど、たまみはそう感じてたの。それを拓也が言葉にしてくれた気がしたのね。拓也の10時10分の眉と直射日光のように人を見る目は、いろいろなことを見通す力があるように思えたわ。

それから拓也は、アメリカの東海岸を転々としていた子ども時代の話をしたの。

「ニューヨークのような人種の坩堝みたいな街では、この世界には多様な人々がいるんだってことを誰もが肌で知ることになるんだよね。今日はアイリッシュのお祭りだとか、明日はゲイのパレードだとか、自分とぜんぜん違う人間を日常的に目の当たりにする。だから、自分と違う種類の人間が隣にいても、普通にしてるというか、自然とぶつかりあわないようにするわけ。子どもでも、そのぐらい洗練されてる。僕も、そこからいっぱい学んだしね。でもね、ボルチモアみたいな片田舎に行ったら、白人とか黒人とか差別とか、まだそんなことをやってたわけ」

ボルチモアでは誰もが、自分と違う人間の存在を快く思っていなくて、自分のようなアジア系の子どもも、いじめのターゲットにされたと拓也は言ったわ。すさまじい攻撃に耐えかねて、拓也は不登校になったそうなの。

そんな拓也に対して、両親はぜんぜんケアしてくれなかったそうなのね。父親の女性問題とか、地域の日本人との社交ストレスとか、経済的なこととかでギスギスしていて、拓也のつらい毎日については、まったく配慮してくれなかったんだって。

たまみは、拓也の話が他人事(ひとごと)とは思えなかったわ。

「お父さんやお母さんのこと、怨んでる？」思わず、そう訊(き)いたの。

拓也は一瞬、背もたれに寄りかかって呼吸を整えた。複雑でデリケートなことを説明するために、ちょっと脳内を整理するみたいな感じだったのね。それから、ゆっくり話しはじめたの。

「怨んだことが一度もないって言ったら、嘘になるかな。でも、それがあって今の自分があるっていうのも間違いない事実だしね」

そう言うと拓也はちょっと笑顔になって、やさしいけれど真剣な口調で言ったわ。

「僕は人種による差別にさらされて、差別が無知から生まれることを学んだ。差別との戦いは無知との戦いなんだってね。相手を知らないからこそ、怖い。知らないからこそ、憎い。知らないからこそ、気持ち悪い。相手のことをちゃんとわかればうまくやっていけるものを、知ろうとしないこと、それが差別だとわかったんだ。でも、いくら自分を知ってくれと訴えても、無知はバリアみたいに相手をはじき返しちゃう」

「バリア？」

「憎しみや蔑(さげす)みを捨て去ることはあなたにとってもメリットがあることなんだと何度言

っても、メリットなんてぜんぜん思い描いてはくれない。思い描けないんだよね。絹を知らない人には、蚕は気色悪いイモ虫にしか見えないでしょ。殺してしまっては絹はとれないって伝えても、絹という織物の美しさや着心地の良さを想像することができない。こちらから相手を理解する姿勢で、どうやったら見たこともない絹に興味を持ってくれるのかを真剣に考えないと、無知のバリアは突破できないんだ。美しく着飾りたい人には、絹がいかに世界中で美しいと言われているか説明する。お金が欲しい人には、絹にどんなに高値がつくかを語る。あの手この手で、興味を持つように仕向ける必要があるんだ。それには、こっちがまず被害者意識を捨てて相手を理解しなきゃならないんだと、そのときわかったんだよね。だから、とにかく少しずつでもいいから話をしたかった。向こうがなにを不快に思っていて、なにを怖がっているのか。なにを欲しがっているのかも」

「話せたんですか、自分を差別する相手と？」

「なかなか腹を割ってもらえなかったけど、バリバリ人気者の野球チームのキャプテンが親日派で、彼と仲良くするようになったら、けっこう話してくれる人が増えてきたんだよね。まぁ、胸のすくような成果を出す前に日本に戻ることになっちゃったんだけど」

拓也は、グラスに残ったビールを一気に飲み干して、明るい顔で「でもさ」と言ったわ。

「そんな経験を重ねるうちに、なんかね、希求のようなものが心の中に植えられた気がするんだよ。なんだろうこいつって思っちゃうような人でも、理解したいっていう、欲望？違うな、やっぱり希求。自分の原動力みたいなもの」

希求……。たまみは、胸の奥でつぶやいたわ。

「希求はお金じゃ買えないし、そんなに容易く手に入らない。でもそのとき、僕はそれを手に入れたんだよね。なんだろうと思うような人だったり、文化だったり、そんなものに出会うと心がうずうず動き出す。理解したくて、勝手に触覚が反応しちゃう。それって、日本で育った日本人にはなかなか得られない感覚だと思うんだよね。あちこちの国の人を相手に仕事する自分にとっては、強力な武器であることには間違いない。だから、結論を言うとね、親への怨みがゼロではないけど、そんな親から生まれて育った自分が嫌いじゃないですってことかもね」

そのときたまみは私はゼリーの中にいるような感覚になることがあるんですと、拓也に話してみたくなったわ。もちろん、このタイミングで自分を語る勇気なんてとてもとてもなかったんだけどね。

拓也も孤独だった、でも拓也は学んだ。

生き生きと成長していく道を、自分で探し当てたのね。そう思うとたまみは、拓也がとてつもなくまぶしかったわ。

私なんて、食べてただけ。ただの巨デブ。スーパーでサラダ油を買うとレジの店員が袋の中にストローを入れてくるような、脂肪のかたまり。

私なんか、ぜんぜんこの人にふさわしくない。たまみにはそう思えたの。

たまみの表情が陰ってくるのを見て、拓也は言ったわ。

「ごめんね、こんな話、重かった？」

たまみは焦って、小刻みに首を振ったの。

「そんなことない、そんなことない、そんなことないです。重いのはあたしの体重です」

たまみは自分が小刻みに首を振っちゃいけない女だってことも忘れて振っちゃってたんだけど、急に思い出したの。一定速度以上のスピードで首を振ると、頬と顎の肉がおもしろく揺れちゃうってことをね。たまみは悲鳴を上げそうになって、でも悲鳴を上げるわけにもいかなかったから、焦りに焦ったわ。

「うちの母もッ」話す予定じゃなかったことを、素っ頓狂な声で話しだす羽目になったのよ。

「うちの母もですね、本当にあたしにかまわなくてですね、運動会来ないし、授業参観来ないし、あっちに行ってなさいばっかり言うし、あたしのお母さんは冷蔵庫だって思っちやったり、あああ、こんなこと言ってもわかりませんよね、なんの話してるんでしょうね、バカなのかな、あたし、あはははは」たまみは無理くり笑ったんだけど、拓也は笑わなかった。まっすぐにたまみを見ているだけだったわ。たまみの目の奥を見とおすような目だったの。たまみは、さらに焦ったのね。

「遺伝子がですね、そういう遺伝子があるらしくてですね」慌てふためいて、たまみは叔母さんから聞いた遺伝子の話をしたの。バカ女かよみたいな説明になっちゃったけど、母の遺伝子は特殊なのかもしれないって。

「それって、離婚遺伝子って言われてるやつのことかな」拓也は、そう言ったわ。

「離婚遺伝子？」

初めて聞く単語に、たまみは目が点になったわ。拓也は、少し目を見開いた感じで続けた。

「うん、アメリカにいた頃の数少ない友人のひとりが、いま医薬品会社の研究チームにいてさ。おもしろい話をいろいろしてくれるんだよね。離婚遺伝子の話は、すごく興味深かった」

拓也はそう言うと、急に眉をひそめて首をかしげたの。

「いや、離婚遺伝子っていうと、男性のバソプレシン受容体の型に関係するものだったな。

この型が特殊な人がいて、そういう人はズバ抜けて離婚率が高いんだって。ああでも、女性にも母性や人情みたいなものに関係するオキシトシン受容体というのがあってね、それが、ちょっと変わった型の人がいるらしいんだよね。そういう遺伝子を持ってる人もやっぱり離婚率が高いんじゃないかって、そいつが言ってた。統計をとってみたいって」

たまみは息を飲んで拓也の言葉に聞き入ったわ。

「前にさ、離婚遺伝子の話を聞いたとき、やだなそんな遺伝子持ってる奴ってって最初は思ったんだよね。でも、しばらくしてから気持ちが変わってきた。それって『種』なんじゃないかと思って」

オキシなんとかとか、受容体とか知らない言葉が出てきて、それと『種』がどう結びつくのか、たまみにはわからなかったわ。花の種とか野菜の種とか、土に蒔く種ならわかるけれど、遺伝子が種ってどういうことなんだろうか。

拓也はウェイトレスを呼んでふたりぶんのお茶を頼むと、さらに話を続けたわ。

「人類ってさ、ほかの個体とわかりあったり分かちあったりすることで生きのびてきた生き物でしょ。伝えあって協調して、収穫したり身を守ったりしてきたんだし、食べ物をわかちあえた種族だけが、氷河期を乗り越えてきたわけだよね。だから離婚遺伝子みたいなものって、人類が生きのびてきた過程を考えると真逆なんだよね、方向が。でも、でもさ。

地球環境なんて、コロコロ変わっていくわけでしょ。いつか、離婚遺伝子みたいなものを持っている人たちのほうが生きのびるのに有利な環境に変わっちゃうかもしれないわけだよね。だから、離婚遺伝子みたいなものは、人類が絶滅せずに未来まで生きのびるための、選択肢というか、種なんだと思うんだよね」

拓也はそう言うと、ちょっと笑って「まぁ、周囲の人間はたまったもんじゃないけどね」と言ったわ。そしてすぐに、やべぇみたいな顔をしたの。

「あ、ごめん。お母さんのことなのに、失礼だったよね」

「ぜんぜんその通りです。たまったもんじゃなかったです」たまみは、そう言って自分も笑ったわ。

母は、未来に蒔かれた種なんだろうか。

今まで母について、そんな悠久のスケールで考えたことはなかったわ。

拓也と別れて帰る電車の中で、たまみはちょっと考えてみたの。

自分もまた、違った意味で種なんだろうか。体に脂肪がつきすぎてることとか、人に歩み寄らせてもらえないこととか、食欲中枢の暴走に勝てないこととか、自分は明らかに周囲の人たちと違っている。母のような人が種ならば、自分だって種なんじゃないだろうか。

もしかしたら自分のような人間だけが生き残るような地球になる日が来るのかもしれない。来ねえよとも思うけど、可能性はゼロじゃない。下着ショップのつけ睫毛には迷惑をかけたかもしれないけど、自分も人類のために神が用意した選択肢なのだと思えば、そんなに恐縮することもないのかもしれない。

それにしても、拓也はすごいとたまみは思ったわ。

いつも新しい視点を自分にくれるなぁって。

拓也のおかげで、いままで自分が育ってきた環境への印象が変化しそうな予感がしたのね。

それは、明るい予感だったわ。

拓也と会うたびに、たまみは新しい自分とも会える。

なんてすごいことなんだろうって、たまみは思ったわ。

9

週末のデブ専ゲイバー『ぐるぐる』は、満席だったわ。上野の街外れだなんて思えない賑(にぎ)わいだったの。スーツ姿のデブや、ラガーシャツのデブ、チェックのシャツのデブ、もうデブ、デブ、デブ。そのほかに、デブじゃないけどデブ好きのゲイがちょろちょろいたわ。カウンターの中には實とマスターとラミちゃん、3人の巨デブがいたの。ラミちゃんはハイテンションでお客を笑わせてたのね。

デパートのエレベーターにあと3人ほど乗れるスペースがあったから乗り込んだらブザーが鳴り、自分が降りたあとに3人乗ったんだけどブザーは鳴らなかったという話。海水浴場でブーメランパンツをはいたら肉に埋もれて水着が見えず、全裸と間違われて通報された話。そんな巨デブあるあるな自虐ネタを、ラミちゃんは連発してたの。お客はケタケタ笑ってたわ。

實はカウンターの中を左右に移動して、飲み物を作ったり洗い物をしたりしていて、積極的にはお客と話さないの。口数の少ない素朴キャラを演じていたのね。本当は心がねじ曲がったふてくされデブなんだけど、笑うと目が糸のように細いのと若い歯が真っ白なおかげで、はにかみ純情デブに見えてしまうのよ。若デブ好きのお客には、たまらないの。實が自分の話にウケたりすると、鼻の下をのばして大喜びよ。

ゲイは明るいキャラばっかりと思われがちだけど、本当はハートの小さい人が多いのね。だから、よってたかって實に求愛するみたいのはなかったの。それでも、實が働くようになってから客足は確実に増えたわ。カウンターの隅で仕事してるんだかしてないんだかわからないマスターは内心、ゑびす顔よね。

實はデブ専ゲイのアイドルになったわけだけど、別にうれしいわけじゃなかったわ。あわよくば實の彼氏になりたいデブ専に遠回しな求愛をされることも時にはあるんだけど、いつも頭痛がしてきそうだったの。ゲイが気持ち悪いと思ってるわけじゃないのよ。『ぐるぐる』で働く前までの、誰からも邪険にされていた状況とのギャップがありすぎたからなの。

凍てつく大地で極寒に耐えつつ南極Xのお世話になってばかりいた観測隊員が、いきなり赤道直下に連れてこられて現地人から求愛されたら、心も体もやばくなりそうだと思わない？　實はまさに、そんな日々を送っていたのよ。

『ぐるぐる』のカウンターに立つようになって2年が過ぎた頃からかしら、實はこう思うことでバランスをとるようになったわ。

「この人達は自分がデブじゃなくなったら、見向きもしなくなるのだろう。それは、自分に脂肪があるからと見向きもしない人達と、どう違うんだろう。どっちも、同じだ。ノギスに過ぎない」

それなら、どうして實は『ぐるぐる』に3年も居続けてるのかしら。それは、自分でもちゃんとわかってたわ。この脂肪まみれの自分にちょっとでも価値を感じてもらえるのは、この水たまりみたいなちっぽけな世界だけだからなんだって。

「ゲイなんてかわいいものよね。ノンケのほうがよっぽど変態よッ」カン高いラミちゃんの声に、店にいた全員が耳を傾けたわ。「駅のところにさ、ノンケ用のエロＤＶＤ屋があるじゃない。ちょっと入ってみたのよ、ノンケのふりして」

「ノンケに見えるわけないでしょ」マスターがツッコミを入れたわ。でもラミちゃんはいつも、話を遮られるとピリピリした空気を出して無視するのね。

「ノンケの性欲って、もう神でも手に負えないわよ。全身タイツ着た女がローションまみれになってのたうちまわるだけのＤＶＤとか、男の顔の上で女がただただ屁をこくＤＶＤとかさ、鼻フックをかけられた女が見ないで見ないでと泣いてるやつとか。そういうのにハァハァ興奮してるノンケがごまんといるってことでしょ。スカトロのコーナーなんて、すごいでかいスペースなのよ。怖くてまともに見られなかったわよ、あたしなんてただの清純なデブのゲイだもの。あんたたちゲイのデブ専も、ノンケに比べたらみんな深窓の令嬢よ。花園の乙女よ。けがらわしいノンケから身を守らないと、汚れて肛門みたいな顔になっちゃうわよッ」

お客は興味深そうに聞いていたわ。ノンケから変態呼ばわりされることはあっても、立場が逆転する話なんて、そうそう他所（よそ）じゃ聞けないものね。

「あそこまでおびただしい種類のＤＶＤがさ、おびただしい数制作されてんのよ。それで、ちゃんと市場が形成されてるわけでしょ。ああ、おそろしい細分化。お下劣な深化。そんな変態達が、性欲の対象が異性だってだけで、なにくわぬ顔して社会生活送ってるのよ。あたしたちゲイのことを汚物呼ばわりしながらさ」

實は、にこやかに皿を洗いながらノンケの変態達なんてみんな、街頭で紐パン一丁で晒しものになればいいと考えていたわ。

厚い脂肪がついているからという理由で、みんなと違うからという理由で、自分をのけものにしたあいつらが、本当は変態なんだったら、ぜんぶそれを誰かが暴いてくれないかと思ったの。顔も名前も勤務先も晒されて、ＹｏｕＴｕｂｅに英語字幕付きで投稿されて、総再生回数３００万回になればいいって。

デブと違って、変態様たちはパッと見だけじゃわからない。黙ってりゃわかりゃしねぇぐらいの涼しい顔でお暮らしになってるなら、すべての変態達の顔に変態性欲のお題目を入れ墨してやりてぇ。

カウンターの隅で實の顔が、密かに怨みに燃えてエビルな黒光りを放っていたわ。後ろ向きだったから誰も気づかなかったけど。

「ノンケのデブ専て、どんな感じなのかな」お客のひとりが、ラミちゃんに訊ねたのね。

「それが、すごいのよ」ラミちゃんは目をまん丸にして、興奮気味に講義したの。

「DVDのさ、でかい棚ひとつが丸ごとデブ専の棚なの。ばばあからロリータ、ライトヘビー級から白クマ級まで、ずらりのグラデーションよ。全部、デブ専DVD。プレイもちゃんと、ひととおりあるのよ。SMっぽい緊縛ものもあって、超人気作らしいんだけど、亀甲縛りされた巨デブ女の写真がジャケでさ、タイトルが『焼豚天国』なの」

お客達は、一斉に笑ったわ。

「ラーメン屋か」

「それ性欲なのかな」

「スーパーで勃起できそう」

スーツを着たデブじゃないデブ専が「ノンケにもデブ専ていっぱいいるんだね。ゲイもノンケも変わらないね」と言ったわ。お客達は、みんな笑いながら頷きあっていたのね。

くだらねぇ、気持ち悪ィ。

實は心の中で毒づいたの。

みんな同じだねみたいに思って安心しようとする奴らは、こんな水たまりみたいな小さな世界の中でも、毛色の違う奴を締め出していく。吐き気がする。言っとくけど、ノンケのデブ専はゲイと俺達を一緒にすんなと思ってるよ。自分らはデブ女と大手を振って番えるけど、おまえらは国から認められてねぇだろとか言われるんだよ。いつか思い知るよ。

0時を過ぎると、店のお客は3割程度に減ったわ。

よくタクシーの運転手が、不景気だから深夜客が減ったって嘆いてるでしょ。ゲイバーの客も同じなの。たいてい終電前に帰っちゃうのね。でもまぁ、『ぐるぐる』には0時を過ぎてもヤル気が残ってるスタッフなんて皆無だから、別にいいのよ。仲良しだからというより疲労によって、店の中にはのどかな空気が漂っていたの。

そこに、高級品にしかない光沢を放つジャケットを着た、やせた年配の紳士が入ってきたわ。

「あら、瀬谷(せや)さん。いらっしゃい」ラミちゃんが営業用の声を出した。

マスターが實に流し目を送ってきたけど、實はまったく動揺せずに会釈したわ。瀬谷さんは實に「君がかわいくてしょうがないんだよ」みたいな笑顔を向けると、マスターに和菓子店の紙袋を差し出したの。

「あら、おまんじゅう！　人形町(にんぎょうちょう)の玉万(ぎょくまん)ね。いつも、すみません」マスターはうれしそうだったわ。大好物なのね。場末の置屋の女将みたいな、しなしなのお辞儀をしながら袋を受けとると早速、包みを開けはじめたの。

「我慢できないオンナよね」ラミちゃんが、冷たい目で言ったわ。

瀬谷さんが席に着くと、實は瀬谷さんのボトルから水割りを作って前に置いたわ。

「實くんが作ってくれた水割りを飲むと、癒やされるね」と言って、瀬谷さんはまた、實にほほえみかけたのね。

ラミちゃんは瀬谷さんのために、またノンケのDVD屋の話をはじめたわ。すでにこのネタは、ラミちゃんの脳内で完璧にシナリオ化されてたのよ。ラミちゃんは仕事早いの。ラミちゃんが立て板に水な調子で話し終わると、瀬谷さんは言ったわ。

「そもそも性欲の対象とか望む性表現なんて、人それぞれみんな違うよ。みんな倒錯なんだ。何人たりとも、ノーマルなんかじゃない。みんな変態なんだよ」

人それぞれみんな違う……。實は心の中で、そうつぶやいたの。

實が瀬谷さんと出会ったのは、1年と2ヶ月前だったわ。

一見さんだった瀬谷さんは筋金入りのデブ専で、ひと目で實を見初めたの。それから週に一度ぐらいは『ぐるぐる』にひとりで来て、實にさまざまな貢ぎ物を差し出したのね。

あるとき、ラミちゃんがいつもの自虐ネタで笑いをとっていると、瀬谷さんは「みんなと違うからって自分を卑下しなくていいよ、人間なんて人それぞれみんな違うんだから」

と静かに言ったの。

自分の父親より年上ぐらいのデブじゃない人が、みんなと違うことを肯定するなんて、そんな光景を實は初めて目にしたような気がしたのね。しかも知的に、自然に。なんだかとても、心に響いてしまったのよ。

瀬谷さんに食事に誘われて、實ははじめて店のお客さんと店外で会ったの。

もちろん瀬谷さんは、實のカラダを求めてきたわ。

實はこの巨体を求められることになんてまったく馴れてなかったから、混乱しちゃったのね。高級料理をご馳走（ちそう）になっちゃったのに悪いしぐらいの感じで、瀬谷さんと出会って4ヶ月目にして、瀬谷さんに、というか初めて人間に抱かれたのよ。

「ほら、おいしいのよ、これ。實ちゃんも食べるでしょ？」マスターが人形町の玉万を小皿に載せて、その場に残っていた客達にふるまいはじめたわ。

「なんでアタシには聞かないのよッ」ラミちゃんの絶叫に笑いながら、みんなで食べはじめたのね。

玉万はマスターが真ん中で包丁を入れてくれていたわ。半分に切らなきゃだめな饅頭（まんじゅう）なのよ。大きな饅頭の断面を見ると、中心に大粒の栗があって、そのまわりを小豆（あずき）あんが包んでいるの。それだけだったら珍しくないんだけど、その饅頭はね、さらにそのまわりいちばん外側は、しっとりした白い皮なの。子どもの頃に何かで見た地球の断面図みたいだと、實は思ったわ。核とマントルと地殻みたいな感じだったのよ。

「なにこれ、おいしいッ」ラミちゃんが叫んだわ。

瀬谷さんは玉万を食べる實を満足そうに見つめていたの。

10

上野にあるいつものホテルのベッドの上で、實は天井を眺めてたわ。

瀬谷さんは實を抱いたあと、「先にシャワーを浴びてきたら?」と言ってくれたんだけど、ちょっとぼんやりしたかった實は、あとでいいと答えたの。

瀬谷さんと寝るのは、いつもこのホテルなのね。瀬谷さんの家はどこにあるのかも知らない。瀬谷さんは妻帯者なのよ。實は、抱かれる前からそれを知ってたわ。でも、そんなにたいしたことだと思っていないの。

瀬谷さんは不実な夫なのだろうか。瀬谷さんぐらいの年配の同性愛者の多くは性指向を隠して結婚しなければならなかったと聞くし、こうしてこっそり欲望を処理するぐらいいいのかもしれない。

實はそう思ってた。よくわからないけど仕方ないよねぐらいの気持ちだったのね。だいいち、瀬谷さんの妻が瀬谷さんに貞節を望んでいるのかどうかも知らないし、そもそも瀬谷さんを自分のものにしたいだなんて一度も思ったことがない。というか、自分から会いたいとさえ思ったこともない。

とにかく、妻帯者とかそういうのはどうでもいいとしか思えなかったの。

それにしても、瀬谷さんに抱かれたあとはどうしてこんなに疲れるんだろう。實は、ぼんやりとそう考えたわ。

まぁ、一応なんとなくの結論は出ていたの。瀬谷さんはベッドの上で、實をむさぼるのではなく、神仏を崇めるように抱くのね。「完璧だ、實は完璧だ」そう言いながらベッドという祭壇の前で額ずいて、延々とイニシエーションを繰り広げるのよ。實のつま先から頭のてっぺんにまで顔をこすりつけて、ひれ伏すの。實は内心、どん引きなのね。

そんなにありがたがられたら、疲れちゃうのよ。のけものだった自分が『ぐるぐる』でアイドルになっただけでも疲れるのに、神様にまでされちゃうのはさすがにしんどかったの。気温だけでも急激に変化したら、ババアとか死んじゃうわけでしょ。世の中における自分自身の座標が激変したら、人格が崩壊しかねないわよね。

とはいうものの、疲れの原因はそれだけでもなさそうだったわ。

實は、心のどこかに病巣みたいなものが潜んでいるような気がしていたの。ちゃんと向きあわなければいけないんだろうけど、なにをどうすれば向きあうことになるのかわからなかった。いろいろ思い出すのも面倒だったのね。


中学生の頃、實のクラスメイトの男子達は、人形町の玉万みたいにいくつかの層にわかれてたわ。

ひとつは健康に成長していて、スポーツができて、なんてことない会話が底抜けに楽しそうにできるグループ。もうひとつは、やや興味の対象が我が道を行く感じで、そんなことがなんでおもしろいの的なことに熱中するような、要するにオタクっぽいグループ。そして、発育が悪かったり、不潔だったり、性格が暗かったりする、コミュニケーションがとりにくい感じのグループ。

實は中学2年生までは間違いなく、最上位のグループにいたの。

デブだったけど、ひねりのきいたギャグがウケてたから、同性の生徒達からは親しまれてたのよ。實も實なりに友達を大事にしてたわ。友達の遅刻をリスクを承知でかばったり、落ち込んだ友達を放っておけなくて好きなテレビ番組を見損ねたこともあった。

でも、中学2年の夏休みぐらいから、様子が変わってきたの。

いつも男子だけで遊んでいたところに、女子のグループが合流して遊ぶようになったのよ。そしたら女子達が實を「キモイ」「いつも汗かいてて汚らしい」「デブまじいらない」とか言いはじめたの。

2学期ぐらいだったわ。誰かの家で、男女ペアになってゲームしようということになったのね。女子はみんな、あからさまに實と組むのをいやがったわ。とうとう實と組まされることになった女子は、ガラスが割れるぐらいの悲鳴をあげたの。完全に罰ゲー扱いよ。實の心は粉々になったわ。

そのうち、女子の誰かが男子に何か言ったらしくて、女子達と遊ぶときに實は呼ばれなくなったの。男の子達も女の子と遊ぶのが刺激的で、實の気持ちを気遣うことよりも女の子の機嫌をとる方を優先させがちな時期だったのね。男子だけで話してても、女子と遊んだときのことを平気で喋っちゃうし。實は深く傷ついたのよ。友情を失ったんだなって思ったわ。友達は、もういないって。

大人だって、宗教もマルチ商法も寸借サギもやってないのに一気に友達全員を失ったりしたら、寝込むぐらいじゃすまないでしょ。思春期だった實にとっては、目から血を流すぐらいの出来事だったのね。思春期の子達が大人になっていく自然なステップから、自分だけがはじき出されたように感じちゃったのよ。

孤独を余儀なくされた立ち位置から、それまで仲良しだった子達を眺めてみると、みんな自分が捨て身のギャグで笑わせなくても普通に笑ってるし、楽しそうだし、デブなんていなくてもよくて、むしろ邪魔なんだなと思えたの。デブという言葉は太っているという意味だけじゃなくて、ゴミという意味も含まれてたんだと思ったのね。

實は、やせようと決意したのよ。

すべての元凶が脂肪なら、やせれば、いいんだと思って。そしたらみんな、戻ってくるんじゃないかって。3食の食事を半分にして、夕方に5キロ走ろうって。

でも、食事を残そうとした實を父親は殴ったの。「食べ物を残す奴はなにも食うな」って怒鳴って、茶碗をたたきつけてきたのね。父親は勤めている運送会社では温厚な人で通ってたんだけど、家族には全然違ってた。ストレスをぶつけるかのように、なにもそこまでぐらい實を殴ったのね。母親は、パート先の社員といい仲になっているのが實の姉にばれて無視されてるような女だったんだけど、「男の子なんだから太っててもいいじゃないの」と言ったわ。どちらにしろ、實の気持ちなんかわかろうともしなかったの。

實は顔が熱く震えてしまって、何も言えなかった。膨らんだ気持ちを涙と一緒に吐きだしてしまいそうで、思春期の實には黙ることしかできなかったのよ。

そんなことがありながらも、實は毎日5キロ走ったわ。デブの5キロは普通の人の20キロよ。頑張ってたの。いくぶん効果も出ていたわ。でもそのあと、おそろしいことが起きたのよ。

昼休みに自分の席でマンガを読んでいたら、いつもブツブツつぶやきながらニヤニヤ笑ってるような最下層グループの男子生徒が、實の机に折りたたんだメモを置いたのね。それは床に落ちてたもののようだった。文面に實の名前があったものだから、何にも考えずにそうしたみたいだったのね。でもそれはまさに、サルが核ミサイル発射のスイッチを押したようなものだったわ。

メモは女子同士でやりとりされていたもので、實が走っている姿を誰かが見たらしく、「女にキモがられてやせようとナミダ目で走ってるデブ」みたいに嗤う内容だったの。

宇宙船から裸で放り出された人間がどうなるか知ってる？

まず、気圧の差のせいで体中の水分が沸騰するの。それから空間に熱を奪われていって、凍るの。永遠に。

メモを読んだときの實は、まさにそんな状態だったわ。煮えたぎったあとに凍って、凍りついて、脳髄まで凍ってなにも考えられなくなったとき、心の中でなにかが爆発したの。

それこそ、ビッグバンみたいに。

實は、爆発的に食べはじめたの。

家の冷蔵庫は、瞬く間にカラになったわ。バターまで砂糖をかけて齧ったのよ。母親の金を盗んでコンビニに行き、目についたものを全部買い漁って食べまくった。いくら食べても、いくら食べても、まだ欲しかったわ。食べながら涙がどんどん溢れて、口に食べ物が入ってる状態で死んでいきたいと思ったの。

それからは、呪わしい食欲中枢の暴走が月に何度か襲ってくるようになった。

實は走ることもやせようとすることも、すっかりやめてしまったのね。図書館にばかりいるようになったわ。黒魔術とかオカルトとか、世界のカルト教団の実録とか、誰もがどん引きするような本に夢中になって読み耽った。そういう怪しい宗教には、信者を洗脳するための儀式がつきものでしょ。實は、洗脳されたかったの。心を失って、何者かの意のままに生きていくのが憧れになったのね。自分の心が、邪魔だったのよ。

實も年頃の男の子だったから、マスターベーションを覚えたわ。

でも、マスターベーションに必要な性的な空想は、おっぱいプリプリの女の子の裸とは無関係だった。もちろん、スポーツマンの男性でもなかったの。マスターベーション中の實の脳内に登場したのは、邪悪な教団の教祖様だったのよ。法衣と仮面で、性別や年齢は消された存在だった。射精しろと教祖様に命じられて、實は催眠術にでもかかったかのように魔方陣に射精させられるの。今でも、それが實のマスターベーション用の空想なのよ。普通に女性を思い浮かべるのでは、全然だめなの。「世界中の女からキモイと思われているのに女が好きで、女を抱くという叶わぬ夢を思い描き哀しく自慰をする自分」みたいなのを俯瞰した気分になっちゃうのね。そうすると、それを見て男子達がゲラゲラ嗤うみたいな光景までもたちのぼってきてしまうの。かつて自分の心を粉々にした女子の悲鳴もね。15歳にして實は、普通の男子として成長していくことを諦めざるをえなかったの。

瀬谷さんと寝たホテルを後にした實は、自宅に帰って横になったわ。

ベッドで、ぼんやり考えたの。

瀬谷さんはいつも自分を神様のように扱うけど、自分は最下等の奴隷として教祖様に命じられることに興奮するわけだから、役割にギャップがありすぎて疲れる。

愛情があれば疲れないんだろうか。でも、瀬谷さんに愛情なんか持てっこない。瀬谷さんからの愛情も別にいらない。愛情が欲しいわけじゃないのに、どうして自分が瀬谷さんと寝ているのかわからない。

自分は、なにが欲しいんだろう。

愛情じゃなければ、自分はなにが欲しいというのだろう。

満たされているわけじゃないんだから、なにかが欲しいのだろう。

だけど、離乳中の子どもみたいに、なにが欲しいのかがわからない。

なかなか眠れそうになかった。ぜんぜん整理できないと思って、頭をかきむしったわ。

そして巨体をひっくりかえして寝返りを打ちながら、なぜか實は高校時代のことを思い出したの。


實は中の上ぐらいの高校に入学できたの。変な本ばっかり読んでた割には、成績はそこそこ良かったのよ。

高校では中学と違って、なにもかもが遠くに感じられたのね。すべての学科、クラスメイトとの交友、そのふたつを除いたら高校生活なんてなくなっちゃう感じのものだけど、どちらも自分とは無関係に思えてた。食欲中枢の暴走が起こった後はひどく落ち込むので、そんなときは無関係なものに囲まれながら高校生を演じるのがキツかったわ。

ある朝、校門の近くまで来た實は、急に激しい頭痛に襲われてしゃがみこんでしまったの。頭に鉛のかたまりをブチ込まれたみたいだったわ。遅刻ぎりぎりの時間だったから、登校中の生徒はみんな實をスルーして行ったのね。

「どうしたの」

そのとき、やさしくはない声が頭上から聞こえてきて、顔を上げるとそこには、遠藤よき子というクラスメイトが立っていたわ。

遠藤よき子は、實よりちょっとだけマシなぐらいのデブなの。ルックスは、おしゃれへの執着を捨ててない巨デブという印象だったわ。デブだったから、最上位のグループには属さなかった。でも、少し地味なグループのとりまとめぐらいのポジションは確保していたのね。

「頭痛ってこと?」遠藤よき子は、うすら笑いを浮かべてた。

「仮病じゃねえよ」實は、ちょっとむかついて言ったのね。

「似たようなもんだよ、先生にはやばそうだったって言っといてあげるよ」

よき子は表情ひとつ変えずにそう言って、校門の方向に去って行ったわ。遠藤よき子は巨デブの身に起こることを熟知していて、實になにが起きてるのかも見抜いてる感じがした。よき子が言ったとおり、帰路についたとたんに頭痛はなくなったの。

よき子は、カミソリみたいなデブだった。そんなよき子のことをデブと揶揄(やゆ)して、血祭りにあげられた男子生徒がいたわ。

「離れ目、ヘビ顔、デカ頭、ハゲ確定、フケ症、貧乏人歯並び、口臭、うんこ息、あんたB組の青木真奈美（あおきまなみ）が好きなんでしょ、告白（コク）るときは歯をみがいてからにしなよ。あたしが伝えてあげようか、息は臭いけどいい奴だよって」

　よき子の反撃はおそろしかったわ。ルックスとか口臭に関しては、実はみんなもそう思っていたからプッと反応してしまったのね。自分を笑うクラスメイトを見せられたことにより、血祭りの犠牲者は「こいつら普段からオレのこと」的な暗黒の気づきを与えられたのよ。そしてさらに、片思いの相手まで暴露されてしまった。よき子の情報収集力は誰もが認めていたので、まわりの生徒は思わず食いついたわ。「マジで青木か」「釣り合わねぇだろ」とささやき合う生徒もいた。よき子に一言、「デブ」と言っただけで、そいつは焦りと痛みと屈辱にまみれる羽目になったの。

　よき子はここぞというとき、誰も真似できない一撃必殺の攻撃を繰り出す女だったのね。出会った人間の欠点を即座に数え上げ、さらに弱点を調べ上げて、脳内でデータベース化していたのよ。

　それでいて、よき子は孤立してなかったの。

　よき子は、知り尽くしていたの。誰が誰を好きか、嫌いか、誰がなにを欲しがってるか、なにを避けたがっているのか。自分になびく者には甘い飴を存分に与えたわ。そして、情報を集めるのも実に巧妙だったの。おいしいエサで餌づけした生徒たちでネットワークを構築し、自分に情報が集まるインフラを作り上げてたのよ。入学してから瞬く間に、よき子は「味方につけておきたい人」第1位と認識されたわ。生徒からも、教師からもよ。

1日学校を休んでから登校した實は、よき子がたまたまひとりで廊下を歩いているところを見かけて、声をかけたの。

「一昨日は、どうも」

よき子は、ほほえまなかったわ。「なんにもしてないけど」と、短く返事しただけだった。

「あのさ、頭痛のことなんだけど、キミも、ああいう経験あるの？　やっぱオレ、登校拒否っていうか、病んでる感じなのかな……」實がそう言うのを遮って、よき子は言ったわ。

「あたし、あんたと友達になる気はないよ。あんたとあたしが仲良くしてたら、どう見られる？　巨デブデュオ・ミノルとよき子？　ないよね、そんなの」

實は、なにも言えなくなった。よき子はひとかけらも笑いを含まない顔でさらに言ったわ。

「中学の頃の同級生でもいたんだよ、巨デブ同士で仲良くしようとしてくる奴が。細川たまみっていう、迷子のゾウみたいな女だったんだけどね。そいつ、精神病んで高校やめたらしいよ。人に寄りかかろうとする奴は弱くなるんだよね。あんたもう高校生なんだから、そういうのやめたほうがいいよ。病んでもデブはキモがられるだけ。誰も同情しないよ」

言葉を失ったままの實に背を向けて、よき子は去って行ったわ。

それから1ヶ月もしないうちに、實は頭痛が頻発するようになって、不登校になったのね。

担任の教師はしきりに学校に来いと電話してきたけど、ぜんぜん行かなかったら今度は退学しろと言ってきたわ。父親は實を殴ろうとしたけど、實のほうが父を突き放していた感じだったの。「殴れば？」實が冷たい目で言うと、父は胸ぐらをつかんだ手を離して「生活費は自分で稼げよ」と言ったのね。母親はもうとっくに家を出て、パート先の社員と一緒に住んでたの。姉もどこかの男とどこかの安アパートで同棲(どうせい)をはじめてたわ。

今ではもう、父親もほとんど家に帰ってこないの。どこにいるのか、誰といるのかもわからない。實も父がどこにいて何をしようと興味ないし、関心もないの。父が家賃を払わなくなったらちょっとキツくなるけど、いまや實は『ぐるぐる』のアイドルだもの、公団の家賃ぐらい払っていけそうだったわ。

眠れないままいろいろなことを思い出すのにも疲れて、窓を見るとすっかり朝だったわ。實は携帯電話をのぞき込んだ。瀬谷さんからメールが入っているのに気づいてなかったの。「神楽坂(かぐらざか)にしゃぶしゃぶのうまい店があるから、今度食べに行こう」とメールには書かれていたわ。實は「はぁい、楽しみにしてます」と、アイドルっぽい返事を送ると、そのうち眠気がやってきてくれた。意識が薄れかけたとき、もう一度「自分が本当に欲しいものはなんなのだろう」と思ったけど、もうなにも考えられなくて、そのまま眠ったの。

11

辻堂拓也はメールの冒頭に「たまみちゃん」って書くようになったわ。もちろん、たまみは舞い上がった。初めて「たまみちゃん」って書いてくれた日は、ちゃんづけ記念日になったのよ。

その日は、拓也にメールで「ディズニーランドに行かない？」って聞かれたの。

「あたし、大丈夫でしょうか。行ったことないんです。全アトラクションで体重制限にひっかかって蹴(け)り出されそうで」たまみは自虐な返事をしたんだけど、「そんなことないって。行くだけでも楽しいから行こうよ」っていうメールが、ランチタイムの片づけ中に来たのね。

いよいよ人生初のディズニーランドよ。しかも、好きな人と。

ずっと以前のことなんだけど、彩香ちゃんとディズニーランドの話をしたことがあったのね。

「たまみちゃんがディズニーランドに行ったとこ想像すると、スモークターキーレッグを30本ぐらい、むしゃむしゃ齧りついてる絵しか浮かばない」彩香ちゃんはそう言って爆笑したの。内心、むかついたわ。まぁ、むかつきつつもスモークターキーレッグってなんだろ、超うまそうだなと、食いついてたんだけどね。

「それに、たまみちゃんはアトラクションに乗れないんじゃない？　体重制限に引っかかるでしょ。特に吊りモノ系はやばいよ。ピーターパンのやつとか。ワイヤー切れるね。百パー切れるよ」彩香ちゃんは、真顔で言ったわ。

だから、拓也からのメールを読んだ1分後には、たまみの頭の中は体重制限とディズニーランド名物スモークターキーレッグのことでいっぱいになってしまったの。

家に帰ったらネットでディズニーランドの体重制限について調べてみようと思ったんだけど、彩香ちゃんと板長と若い板前さんが3人で雑談しているのが耳に入ってきた。なんという偶然か、まさにディズニーランドの話をしてたのよ。たまみは我慢できなくなって、めずらしく自分からからんでいったのね。

「あの、ディズニーランドのアトラクションて、私の体重でも乗れるものあるんですか」

「体重制限なんて、ほとんどねぇだろ。相撲取りだって乗ってたぞ」板長が答えたわ。彩香ちゃんは、あんたバカ？　ぐらいの顔になってた。自分が言ったことは、気持ちよく忘れているみたいだったわ。

「デートでもすんのか、辻堂青年と」板長がニヤついて言ったの。中年はすぐ冷やかすからね。そのとたん、彩香ちゃんの顔が凍ったわ。でも、たまみは顔から火が出るみたいになって「違います、違います」と、火消しに必死になってたから、彩香ちゃんの表情の変化には気がつかなかったのね。

実は、彩香ちゃんはけっこうなことをやらかしてたの。たまみと拓也が初デートする前のことなんだけどね。

仕事で店に来ていた拓也に、彩香ちゃんはやたら話しかけてたのね。実はちゃっかりメアドまで交換してたの。そんなことよくできるね感満載なんだけど、「将来についていろいろ悩んでて相談に乗ってほしい」的なメールをバシバシ送ってて、1回だけだけど拓也と飲みにも行ってたのよ。肉食獣なの。

居酒屋の個室で柚子はちみつサワーを飲みながら、彩香ちゃんは「ダンスの先生がモラハラっぽくて辞めたいんだけど、母が辞めるなと怒るんですぅ」的な話をはじめて、拓也に「なんで俺に」みたいな空気を出されちゃったの。

とりあえず拓也は「ほかにいい先生を見つけてから辞めたほうがよくないですか、ブランクがあるのはよくないし」とそつなく返事をしたんだけど、彩香ちゃんは「拓也さんて彼女とかいるんですか」的なことをいろいろ聞き出そうとして、拓也は顔には出さなかったんだけど関係ねぇだろぐらいに思ったらしいのね。

「いま、キョーレツにつきあいたい人がいるんで、他の人は目に入らない」拓也はバシッと牽制球を投げたの。これで彩香ちゃんにとって生まれて初めての玉砕が、ほぼ確定したのよ。彩香ちゃんはそれまで軽い男にちやほやされて、いい気な感じになってたのね。

玉砕なんて普通だし、そんなにひどい玉砕でもなかったんだけど、彩香ちゃんには免疫がなかったの。チューしてくれるのかと思って目を閉じたら顔にウンコ投げつけられたぐらいショックだったのね。ショックがでかすぎたせいか、拓也が好きなのが誰なのか、猛烈な知りたい欲求に支配されちゃったのよ。それで、やめときゃいいのに拓也に迷惑なメールを何度か送り続けたんだけど、「今は仕事がすごく忙しいので必要のないメールは送らないでほしいんですが」的な返事がきて、顔にウンコつけたまま屈辱に身を震わす羽目になったの。

悶絶(もんぜつ)してたところに実の母親から、たまみちゃんが辻堂さんとデートするから、あんた一緒に出かけて、たまみちゃんの化粧品を選んであげなさいよ、なんて爆弾を落とされたのよ。負けることなんて1グラムも想定してなかったたまみに、油揚げを持ってかれたわけ。彩香ちゃんは両目から鼻血が出そうだったのね。

「とうとう、たまみちゃんもディズニーランドにデビューか。ミッキー、逃げろ。食われるぞ」若い板前がそう言ったわ。

「ねずみとか食べたことないですッ」たまみが反論すると板長が「じゃあドナルド逃げろ」と言ったの。確かにアヒルはやばいかもと思って、たまみは黙らざるをえなかった。

「辻堂さんてさ、やっぱデブ専なのかな」

彩香ちゃんは低めの声で、会話の流れをブッた斬ったわ。軽く言った体裁だったけど、軽く聞き流すのは無理だった。男ふたりが、スーンと黙っちゃったんだもの。

「デブ専？」たまみは、意味がわからなくて聞き返したわ。彩香ちゃんは無表情に答えた。

「デブにしか欲情できない人をデブ専て言うんだよ。そういう人は、普通の体型の人には性欲がわかないんだって。辻堂さん、たまみちゃんが好きなのダダ漏れだし、やっぱそうなんじゃないかなって思って」

たまみは、言葉が出なかったわ。

「辻堂青年はさ、たまみちゃんの内面に惚れたんだよ」板長が、慌てて着地点を探したわ。でも彩香ちゃんは、そんな着地点にガソリン撒いて火をつけるみたいなことを言ったの。

「それって、たまみちゃんの外見に救いがないって言ってる？　だいちさ、男って女の内面に惚れたりするわけ？　板長だって、ブスの愛情料理より美人がお湯入れたカップ麺が食いたいとか言ってたじゃん。ダンスの先生がさ、男が思い描く女の内面がぜんぶ妄想なのって、ぜんぜん内面見ようとしてないからだって言ってたよ。たまみちゃんは、辻堂さんのタイプなんだよ。つまり、辻堂さんはデブ専なんでしょ」

ここのところ彩香ちゃんは、私がフラれたのは辻堂のバカがデブ専の変態野郎だからだって、自分に言い聞かせ続けていたの。

「ラッキーだったよね、たまみちゃん」これっぽっちも温かくない声で、彩香ちゃんはそう言ったわ。家に帰ったらディズニーランドの体重制限とスモークターキーレッグについて調べる予定だったたまみは、急遽、デブ専について調べることになってしまったのね。
帰宅するやいなやPCを開いてネットで検索してみると、デブ専ポルノ情報やらデブ専出会い系情報やらが、じゃらじゃら出てきた。たまみは小さく悲鳴を上げたわ。リンク先のWebサイトの多くには、たまみのような体型の女がビキニ姿でエロ笑顔を浮かべている画像が貼られていたの。半裸で思いっきりアヘ顔してる画像もあった。

出てきたサイトのひとつに「あるデブ専男の独白」というブログがあって、おそるおそる読んでみると、デブちゃんがおいしいものを食べているところを見るのが何よりも好きとプロフィールに書かれていて、投稿記事には母親からの愛情を充分に得られなかったことも綴(つづ)られてた。いろいろなところが拓也とかぶったのね。たまみは、まっ青になったわ。

そのブログの中にDVDのパッケージらしき画像が貼られていて、ブログの主は名作だと絶賛してたの。その画像は亀甲縛りで吊るされている巨デブ女の画像だった。強調されているのは恍惚(こうこつ)とした表情を浮かべる巨デブの顔じゃなくて、網状に編まれた縄のすきまからあふれ出る肉だったの。タイトルは、『焼豚天国』だったわ。

説明のつかない不快な感覚が、たまみの全身を包んだ。

たまみは、巨デブには大きくわけて2種類あるんだと感じたの。自分が巨デブであることを自ら責め続ける自責デブと、なんの問題も感じないまま三重顎を揺らしてバカ笑いする脂肪脳デブよ。痛みを抱えた自責デブも美しくはないけれど、脂肪脳デブの醜悪さはこの画像を見ただけで悪寒がするほどだと思ったわ。

好みは人それぞれで、そのおかげで巨デブを愛してくれる人もいるということは理解できるんだけど、巨デブゆえに愛されることを自分に許していいのだろうかという思いも、もくもくとわいてきたの。それを許したら、痛みを抱えて生きてきた自分はかき消えて、脳細胞までもが脂肪細胞と化し、エロ笑顔を浮かべた巨体ヌード画像を世間に撒き散らす脂肪脳デブと化すんじゃないかと思ったのね。『焼豚天国』の亀甲縛りの女がこちらを向いて、「こっちにいらっしゃいよ、気持ちいいわよ」と笑いかけてきた気がしたわ。たまみは、全身がブルッとしたの。

「デブ専に身を委ねるなんて、どうかしてる」

どこからか声が聞こえた。冷たい響きだけれど逆らえない力を感じるその声は、どこかで聞き覚えがある気がしたのね。それは、キッチンの方向から聞こえてきたみたいだったの。

「なにか食べて気を落ち着けよう」そう思って、たまみは暗いキッチンに行き、冷蔵庫を開けたわ。庫内の光が顔を照らすとともに、聞いたことのある声がびっくり箱みたいに飛び出してきたの。

「あんた、みっともないわね」

自分の舌が、ぎゅんと喉の奥に引っ込むような感覚に襲われたわ。

通常のたまみならあり得ないことだったんだけど、たまみは何も取りださずに冷蔵庫の扉をバタンと閉じたの。ドタドタ地響きを立てて自分の部屋に戻ると、PCの画面を見ないようにしてベッドにもぐり込んだのね。

しばらくすると、携帯電話からメールの着信音が聞こえてきたわ。拓也からよ。

「急なんだけど、よかったらあさっての日曜、なにか食べに行きませんか」

デブ専を検索する前だったら小躍りして喜んだメールだわ。今だって、うれしくないわけじゃない。でももう、拓也との関係は甘くない。泡立ててる生クリームのボウルに、誰かが塩を放り込んだのよ。塩が入った生クリームなんて、どうやって食べたらいいかわからないじゃない。

22分考えて、たまみは「行きます」と返事をしたのね。

確かめなきゃならないからよ。拓也が本当にデブ専なのかどうか。

食欲中枢の暴走の前になすすべもない自分を、たまみは嫌い続けてきた。そして、そんな自分を巨デブであるがゆえに愛する男が現れた。自分が憎んでいる部分を好きだと言うの。その人とともに生きて、はたして自分は幸せになれるだろうか。

「なれない」たまみは、つぶやいたわ。

デブ専じゃない男が自分に好意を寄せることなどありえないことは、わかってる。子どもの頃から巨デブだったのよ。巨体すぎてランドセルを背負えなくて自分だけ手提げで通学するのを許可されてた、そんな女なのよ。身の程を思い知っていないわけないわよ。でも、それなら、どうして辻堂さんとデートして、あんなに浮かれてしまったのだろう。

「たぶんそれは」声が出ていることに気づかないまま、たまみはつぶやいてたの。

「たぶんそれは、フィーリングが合うなって辻堂さんが思ってくれたからなんだって、勝手に思っちゃってたからだった。甘かった。そんなわけなかった。なによ、フィーリングって。あたし、バカなんじゃないだろうか」

冷蔵庫を開けた時に聞こえてきた言葉が、頭の中で何回も何回も何回も再生されたわ。

「あんた、みっともないわね」

早くも心が折れそうだったけれど、踏ん張らねばと思ったわ。

まだ、なにも直接には確かめてない。というか、拓也から告白されてもいない。今感じている動揺は、自分の脳内だけで吹き荒れている嵐で、確かめるまではそこにリアルな拓也はいない。日曜になったらはっきりすることだ。たまみは、そう思ったの。

12

日曜日に拓也がたまみを連れて行ったのは、ピアノの生演奏があるような、ワインが売りのスタイリッシュダイニングだったのね。フルボディだけどフルーティで若い女性におすすめですと、ソムリエがレコメンドした赤ワインを、ちょっと速いペースでたまみは飲んだわ。女は念入りにメイクしてきたときほど酒は控えめにするって、そんなことはまだ知らなかったの。

ワインを飲むピッチは速かったけど、鴨のパテとか鯛のポアレとかいろいろ料理が出てきたのに、たまみはいつもほど食が進まなかったのね。拓也がそれに気づかないはずなかったわ。

「どうしたの？」拓也に聞かれて、たまみが答えようとしたとき、黒いロングエプロンをしたウェイターが、バターがじゅわじゅわ泡立つエスカルゴを運んできて、タイミングを失ってしまったの。

もうそろそろデザートかなという頃、拓也がちょっと姿勢を正して言ったわ。

「ちょっと、大事な話していい？」

たまみは心臓が高鳴って、下を向いて「はい」と言ったのね。

「僕は、たまみちゃんが好きです。僕とつきあってもらえませんか」

とうとう拓也は、たまみに求愛したのよ。

拓也の背後で打ち上げ花火が数百発も炸裂したように見えたわ。

震えた。たまみは震えたわ。

たまみの脳内を調べたら多分、乙女の喜びが100パーセント、確かめなきゃならないことへの恐れも100パーセントだった。そして、待ちわびて待ちわびてやっと手に入ったものが一瞬で消えてなくなる予感も100パーセントだったわ。

「あの、お返事する前に、ひとつ聞いてもいいですか」

踏ん張らねばならないと、たまみは思ったのね。なにも考えずに拓也にむかって突っ走りたいけれど、そんな選択肢は、今こそ捨てねばならない時なんだって。いずれ、デブ専問題はたまみの体重より重い宿題となって、たまみ達ふたりを押し潰すに違いないからよ。身を切られるように辛くても、確かめねばならないわ。

「辻堂さんは、その、私のどこをというか、どうして私を気に入ってくださったんですか。太っているからなのでしょうか。その、なんていいますか、辻堂さんはデブ専って言うカンジの人だったりするんですか？」

拓也の返事は、非常にシンプルだったわ。

「デブ専だけど？」

あまりにもあっさり、あっけなかった。

思わずたまみは、「え？」と聞き返してしまったの。

「たしかに僕は、太った女の人が好きだよ。アメリカにいた頃からそうだったし。でも、別に自分は普通だと思ってるけど。アメリカの片田舎だったら、女性の6割が太ってるし」

拓也のまっすぐな目が、眉が、あんなに好きだった。なのに今はかえって、「なにか問題でも？」的な印象を増幅しているように見えて、たまみは自分と拓也の間に重大な隔たりがあることが浮き彫りになった気がしたの。

やっぱり、だめだ。

見た目からは想像できなくても、たまみの巨体の中には可憐な乙女がいるのよ。そっちが本体なの。傷つきやすいの。怖がりなの。デブ専からの愛情を無邪気に受け入れるには、この乙女は繊細すぎるのよ。

「あの、あのですね、ごめんなさい。なんて言ったらいいかよくわからないんだけど」

たまみの目からは涙が溢れてきていて、声ももう震えてたわ。

「私、辻堂さんが食事に誘ってくれるようになってから、本当に、本当に楽しかったの。夢みたいだった。いままで自信なんか全然なくて、希望もなくて、ただ生きてるだけだったけど、そうじゃなくなってた。本当に感謝してます。でも、あの、あのね。辻堂さんがぜんぜん悪いわけじゃなくて、あたしが女として、というか、人間として未熟だからなんだけど。あたしは自分がデブだということを、ずっと気にして生きてきました。たくさん傷ついてきました。やせようと何回もしたんだけど、食欲のスイッチが入ると自分ではどうしようもなくて。そのたびに、自分を嫌いになっていきました。自分の体型も、それをどうにかできない自分も、あたし、ぜんぜん受け入れられていないの」

もう、唇がわなないて、うまく言葉が出なくなっていたけど、誠心誠意、話さなければとたまみは思ったわ。

「そんな私だからね、太っている私のことを好きだと言われても、傷口に塩を擦り込まれているように感じるの。だから辻堂さんとおつきあいしても、私はずっと痛いだろうし、痛いとやさしくなれないだろうし、だからやっぱり、だからやっぱり、おつきあいできないです。本当にごめんなさい。面倒くさい自分がくやしいです。本当にごめんなさい」

もう涙は、鼻からも顎からもぼたぼた落ちてたわ。

終わったんだと思った。これでもとの毎日に戻るんだって。もとに戻るだけなのに、なんでこんなにも痛いのだろうって。

拓也はポケットティッシュを差し出してくれたけど、たまみは自分のハンカチで涙を拭いたわ。

たまみの、吐き出すような言葉を聞き終えた拓也は、まず深呼吸したの。そして、たまみの号泣の波がおさまるのを待って、訊ねたわ。

「これだけは率直に答えてほしいんだけど、たまみちゃんは僕のこと、嫌い？ 僕は相手として、はじめからあり得なかった？」

たまみは、ハンカチに顔を埋めたままかぶりを振ったわ。「辻堂さんのこと、大好きです。初恋です。でも、だめなんです」

拓也はちょっと、ほっとした顔になった。そして言ったの。

「だったら、待つよ。たまみちゃんが、自分のこととか僕のこととか、もろもろ受け入れてくれるのを待つからさ。たまみちゃんは、デブ専のこと、まだあんまり知らないでしょ？ デブ専は、デブのことみんな同じに見えてるって考えてるんでしょ？ 違うんだよ。僕は、ただ単に太ってるってだけじゃ、好きにまではならない。僕は、たまみちゃんがいいんだよ。たまみちゃんだから、好きなんだよ」

拓也がそう言うと、再び号泣の波がたまみを襲ったわ。拓也はなおも続けた。

「……厳密に言うと、いまよりちょっとやせたぐらいのたまみちゃんがベストなんだけど」

号泣の波はストップしたわ。なにそれ正直すぎだろ的なランプが脳裏に点灯したけど、それについて考えるのは保留にしとこうと思った。とにかく、いまわかったのは、デブ専といっても一枚岩じゃなくて、それぞれ好きな太り具合があるということだったわ。

拓也はたまみのぐちゃぐちゃの顔をみつめていたわ。あの、まぶしい顔で。そして、続けて言ったの。

「これからだって僕は、いまよりちょっとだけやせたぐらいのたまみちゃんを好きでいつづける自信があるよ。いや、いまより太ったって気持ちは変わらない。だから、僕は待つ。それまで、たまにこうやって食事したり、そういうのだったらいいでしょ?」

たまみは少しの間、呼吸を整えてから答えたわ。

「もちろんだし、うれしいけど、少し時間をもらっていいですか。気持ちが落ち着くまで、しばらくは仕事だけにしておいてほしいんです」

「わかった。僕があきらめてないことは、忘れないでいてくれるよね」

たまみは、もう帰ることにしたの。こんなおしゃれなダイニングで、それでなくても人目を引く自分なのに、そんな自分を泣かせている男にお客も従業員も奇異の目を向けているに違いないわ。拓也を好奇の視線にさらしていたくなかったのね。

店を出たところで拓也と別れ、たまみはしばらく通りを歩いたの。こんな巨デブが泣き腫らした巨大な顔面で電車に乗るわけにもいかないと思ったのね。号泣顔を落ち着かせるために歩いているのに、拓也と過ごしたあれこれを思い出すと、また嗚咽がこみ上げてきたわ。

「楽しかったなぁ、ほんのちょっとの間だったけど、楽しかったなぁ」

何度も何度も涙の波がせりあがってきた。土用波に身を浸しているみたいだった。あたたかい涙が流れて、そのあと風が頬を冷やしたわ。

こんなに泣いても、またいつもの暮らしに戻って、痛みなんか忘れる日が来る。拓也を好きだった気持ちも、引き潮みたいに遠くに行ってしまう日が来る。それが、たまらなく悲しかった。涙と声のかたまりが、体中から押しだされてくるようだったわ。もう時間なんか止めちゃって、ずっと泣いていたかったの。

いくつものカップルやグループが、たまみとすれ違ったわ。中にはギョッとした顔をする人もいたの。だけど、たまみと同じ年頃の8人グループとすれ違ったときよ。今度はたたまみがギョッとする番だったわ。

そのグループの中に、中学時代の同級生、遠藤よき子がいたからよ。

よき子は、たまみが知っている中学生時代の彼女とぜんぜん違っていたわ。

まず、40キロぐらいはやせてたの。

少しフリフリ感のある花柄のワンピースに、ショート丈のジャケットを羽織っていて、ゆるく巻かれた髪にはリボンが結ばれていたわ。巨デブだった過去があるなんて、誰にもわからないだろうと思えた。メイクも研究し尽くしてる感じだったしね。

ガラリと変わってはいるけど、間違いない。あの歩き方。あの笑い方。一緒に歩いていた男女は、友達なのだろうか、よき子の服装とミスマッチなコーディネートの人はいなかったわ。

たまみは、まさかまさか声はかけられなかった。激変したよき子に比べて、自分はまだ巨デブのままだし、だいいちグシャ泣き中だったしね。「遠藤さん？」と、心の中で呼びかけるしかできなかったの。

そんなたまみを、一瞬だけ、よき子は見たわ。

そして、ごく自然に、全然知らない人のように、たまみを無視してすれ違った。気づかなかったのだろうかと、たまみは思った。でも、たまみの巨体を見て、あのよき子が気づかないはずはないわ。心にカミソリと悪口データベースを隠し持ってる女よ。自然に無視するなんて、あんたとは何の関係もないからっていう強烈な拒否のアピールよね。

グループの中のひとりの男が、よき子の前に回り込んでヘン顔を近づけているのが見えた。よき子は軽く悲鳴をあげて、笑ったわ。太ったことなんて一度もない女の子みたいな、はしゃいだ声。

細く可憐になったよき子の背中を、呆然と見送るたまみだったの。

13

實は、すこし困惑していたの。

デブ専紳士・瀬谷さんの妻が嫉妬に狂って「この泥棒猫ッ」と首を絞めてきたというわけじゃないわ。だいいち、もしそんなことが起きても實は困惑はしないわね。「猫じゃなくてブタですが？」とか薄笑いで返しそうだわ。

實の目下の悩みは、『ぐるぐる』の人間関係がギスギスしはじめたことなのよ。

實が『ぐるぐる』のアイドルだとするでしょ、實よりちょっと年齢も体重も上のラミちゃんは、お笑い担当なのね。ラミちゃんというあだ名の由来はアブラミのラミで、小学生の時からそう呼ばれていたの。そんな名前をずっと使ってるぐらいだから、もともと巨デブ上等でお笑いを背負って立つスタンスだったわけよ。

とにかくラミちゃんは、マシンガントークがすごいの。デブ専、非デブ専をあわせた日本の全ゲイバーの中でも、間違いなくトップクラスのトーク力なのよ。常にネタのストックを弾倉に充塡（じゅうてん）してて、店の席がある程度埋まってくるとノンストップで連射しまくるの。

すごいのは弾数だけじゃなくて、ここが真にすごいとこなんだけど、ラミちゃんはやみくもに弾を撃っているように見えて、相手に致命傷は与えないの。時として笑いは人を傷つけるということがよくわかっていて、相手にとって撃たれても痛くないところを正確に見抜いて撃ってるのね。だからお客の笑いが、いい笑いなのよ。

バカなオカマはそこがわからないから、相手の急所でもなんでもめちゃめちゃに撃って鼻つまみ者になっていくんだけど、ラミちゃんはそのへんがプロなのね。

「ブス」って誰かに言われても、「あんたこそ」的な言い返しをしたりしないの。「誰も本当のあたしの顔は知らないのよ、脂肪の下に隠してあるんだから」とか言って笑わせちゃうのね。「あたしも本当の顔知らないんだけどさ」と、ダメ押しの笑いまでとるのよ。

ラミちゃんは口も速いけど、動きもテキパキ速いのね。洗い物でも片づけでも、巨体をこまめに動かして、あっという間に終わらせちゃうのよ。マイペースなマスターにいつも「とろくさいわねぇ」と文句を言ってるの。『ぐるぐる』では、なんと言ってもラミちゃんが推進力なのよ。

マスターはタヌキ親父だから、ラミちゃんに言いたいことを言わせておいてるの。わざとできないふりしてラミちゃんになんでもやらせるのね。ラミちゃんが脳天から突き抜けるような声を出して「こんなこともできないのッ、認知症なんじゃない？」とわめいても、マスターもマスターで聞き流すことにかけては天才なのよ。ラミちゃんがぷりぷり怒りながら仕事を片づける横で、「別に言われちゃうぐらいいいわよ」的な空気を出すのね。そうやって仕事のほとんどを、ラミちゃんにやらせちゃうのよ。そんなふたりと實だけど、仲が悪いわけじゃないの。3人でよく食事に行くし、時にはいっしょにサウナに行ったりもしてたのね。

そんな『ぐるぐる』に変化が訪れたのは、1ヶ月ほど前のことだったわ。

いつものように實が店に出勤すると、マスターはまだ来ていなくて、ラミちゃんが見慣れない箱からアルミでできたような小袋を取りだしているところだったの。

「なんですか、それ」と訊ねると、「ヤクよ」とラミちゃんは答えた。

でも箱を見ると、それはダイエット用の健康食品であることはすぐにわかった。商品名が「スリムバンバン」なんだもの。

「ダイエットするの？」ラミちゃんがダイエットするなんて想定外だから、實は驚いたのね。

「ダイエットなんて、そんなおおげさなもんじゃなくて」と、ラミちゃんはとぼけたけど、説明書には7日もの間絶食して、その期間中、飢え死にしないようにこれを飲み続けるみたいな、過酷なことが書かれていたの。

「ぜんぜん本格的じゃないですか」

實のツッコミに、ラミちゃんはカラカラ笑ったわ。

「実はね、あたし脱デブしたいの。もう、デブ専界に飽きちゃったのよ。デブなんて外界じゃ人間扱いされないくせにデブ専界でだけじゃモテるもんだから、デブ専バーに来るとプライドの権化みたいになるじゃない。モテ馴れてないから、ちょうどいいところで止まれないのよね。さらにうんざりするのがさ、誰からもちやほやされなくなるのが怖いから、デブ専界から一歩も出ようとしないことよ。デブとデブ専だけで群れて、排他的でしょ。閉塞感があるのよ。デブ専バーで働いてもう7年、あたしももうすぐ三十路になっていくわけでしょ。人生一度きりだし、デブ同士で傷や乳首を舐めあうのを見てるだけの毎日でいいのかって思ったわけよ」

いつもながら、ラミちゃんの言葉には説得力があったのね。デブ専界の「村社会」的な特徴を見事に言い表していて、リスペクトに値するなぁと實は思ったの。でも、スリムバンバンみたいなダイエット補助食品とか絶食だとかには、實は懐疑的だったわ。

「やせたいなら、ヤクのほうがやせるんじゃない?」實がそう言うと、「つかまったら刑務所内でいろんな性犯罪犯しちゃうわよ、出て来られやしない」ラミちゃんはそう言って、ケタケタ笑ったわ。それから「マスターにもお客にも内緒よ、店を辞めるのかって騒がれるから」と、實をキッと見据えて念をおしたのね。

「そんなものでやせないよ」實は鼻で笑ったわ。

「ふふふ、激やせしてナミダ目にさせてやるわ。あたしがやせても真似しないでよ」

「やせない、やせない」

「じゃあ、勝負よ。あたしがやせたら、ひざまずくのよ。わかった?」

「いいですよ、どうせやせませんから」

ラミちゃんは手早くアルミ袋を破ってコップに粉末をあけ、水に溶かして一気に飲み込んだ。そして、カンツォーネの歌い手のように「まずぅぅぅぅいいいいぃぃ」と歌い、顔をしかめたわ。

1週間の断食プログラムを開始したラミちゃんだったんだけど、思うように効果が出なかったのか、1週間どころか1ヶ月後になってもまだやり続けてたの。實が見たところ、断食の挫折と、どか食い、再挑戦を繰り返してるようだった。負のスパイラルね。

「スリムバンバン」が本当にヤクみたいになっちゃってて、手放せなくなってたのよ。

店のお客やマスターには、ラミちゃんがダイエットしていることはバレていないみたいだったわ。誰にとってもそんなの想定外だし、だいいち、やせてないんだもの。3キロぐらいは減ったのかもしれないけど、3ケタ体重の巨デブが3キロぐらいやせたところで、誰も気づきゃしないわよね。

飢餓感のためかマシンガントークはパタリと止んで、ラミちゃんは不機嫌で感じの悪いデブになり果ててた。顔は土気色になって、目の奥の電源ランプが消えたみたいになってたわ。

「ラミちゃん、食べ物を見る目がケダモノだよ。たて続けに断食なんて無理だって。間隔をあけてリトライしてくださいって、スリムバンバンの箱にも書いてあるよ」實は、何度もそう言った。

はじめのうち、ラミちゃんがやせないのを見て邪悪なうすら笑いを浮かべていた實だったんだけど、だんだんヤバげな様子になっていくのを見かねたの。でもラミちゃんは返事もしないか、「ダイエットなんかしてない」って短い言葉しか返さなくなってたのよ。

しばらくすると、カウンターの中に立っているラミちゃんは、感じ悪いどころか、寡黙さによって荘厳なほどの威圧感を醸(かも)し出すようになってたわ。巨大な石像みたいなのよ。南米の秘境に鎮座してる、舌をベェーッと出してるやつみたいだったの。お客は誰もラミちゃんに話しかけられなかった。口から毒矢が飛んできそうなんだもの。

ある日、ラミちゃんの飢餓感が黒い霧となって店中の空気を漆黒に染め上げた日のことよ。

ラミちゃんは具合が悪いと言って、店を早退(はやび)けしたのね。さすがのマスターも「最近どうしちゃったのかしら」って首をかしげてたわ。しばらくすると、店にやってきた客がラミちゃんをファミレスで見たと言ったの。4人掛けの席でテーブルに載りきらないほど料理を注文して、片っ端から食べまくっていたって。

「ああ、それはたぶん、もっと太れという啓示よ。デブ専の神が憑(つ)いたのよ。あの子、選ばれたのよ」マスターは目を閉じてそう言ったわ。

「やですよ、そんな神様」實は笑ったけど、やっぱり断食が引き金となって食欲中枢が暴走したに違いないと思った。過食と拒食を繰り返してるんだって。

實は気づいてたの。ラミちゃんの、電源ランプが消えたみたいな目の奥に、違う色のランプが点るようになってきたことに。なんだか不穏な色のランプだったわ。

そして、翌週。ついに、恐れていたことが起きた。

その日は週末だったから、店はぎっしり混んでたのね。ラミちゃんは空腹のクライマックスだったみたいで、邪悪なインカの巨デブ石像と化していたわ。

何人かのお客がマスターと、上野界隈をほっつき歩いている女装の売春夫の話をしてたの。マスターが「あたしも、もうひと稼ぎしようかしら」って言ってて、お客達が「着る服ないじゃん」と言って笑ってたのね。

「ラミちゃん、あんたも女装してみる？」マスターは、ラミちゃんを会話に引き入れようとしたのね。オチに使えると思ったのよ。

「いやよ」ラミちゃんはわざわざ感じ悪い声で、会話に入るまいみたいな返事をしたわ。

「ラミちゃんが女装して歩いてるとこ想像すると、こわーい」デブ客のひとりが、空気も読まずに言った。

おまえが女装したって、かなりこわいよと、實はアイドル笑顔の奥の脳内でつぶやいたの。

「ラミちゃんが女装して歩いたら、焼かれるわね」あえて空気を読まないマスターがそう言うと、お客達が爆笑したの。長い爆笑だった。

實は咄嗟に、やばいと思ったわ。

ラミちゃんを中心に、大気が収縮したような感じがしたの。

ラミちゃんはその瞬間、ブラックホールのような重力のかたまりだったのね。一瞬にして圧縮された大気がラミちゃんの中に充塡されて、それが一気に爆発したのよ。


「焼かれないわよ！」


声の大きさというより怒気の凄（すさ）まじさに、店の中は静まりかえった。

ものすごい破壊力だったの。

だって、どんなに客にからかわれようと、悪意が混じった笑いにさらされようと、いつもスペシャルなユーモアで平和な笑いに転化させてきたラミちゃんがよ、こんな素の怒りを爆発させるなんて誰も予想してなかったんだもの。この店の空気は常にラミちゃんの才能でできてたもんだから、みんな足場を失って、ガラガラ崩壊したのよ。

脂肪で膨らんだラミちゃんの目蓋（まぶた）の奥は、ほんの小さな表面積だけど、まるで暗黒世界だったわ。暗黒の中に熾火（おきび）のような怒りがかすかに見えたの。そのあとラミちゃんはずっと、ブツブツとなにかつぶやいていた。声といっしょに煙とか煤を吐き出しそうだったわ。店の戸締まりをして帰るまで、とうとうマスターとは一度も口をきかなかったのね。

そして、翌日も翌日で大変だったの。マスターとラミちゃんは、完全に冷戦状態になっていたわ。マスターはラミちゃんが昼間のうちに電話かメールで謝ってくると思ってたらしくて、なしのつぶてだったことがショックだったみたいなのね。でも、ラミちゃんがまだ活火山状態だったので、まだなにも言わないことにしたの。なんか理不尽な目にあったような気持ちらしかったわ。

間にはさまった實は、どちらの気持ちもわからなくもないし、どちらの気持ちもちゃんとはわからないし、それはそれは居心地が悪かった。でも、健気に仲をとりもつような「イイ子」をやるのも嫌いなので、結局は寡黙にならざるを得なかったの。といっても、普段から實は寡黙なので、マスターから見たら単なる「動じない奴」だったんだけどね。

「とにかく、明日はお休みだから今日さえ乗りきればなんとかなる」それだけが3人の共通の思いだったのよ。

そして数時間後、その日の営業はぎこちなく終わったわ。

問題放置の天才であるマスターは「明日はうちのダンナとおいしいものでも食べましょ」と言って、巨ケツを振り振り帰って行った。残されたラミちゃんは地獄の底から響くような声で、「先に帰って。後片づけはやっとくから」と言ってきたの。實に逆らえるはずがなかったわ。気疲れが半端じゃなかったので、コンビニで食料を買って帰宅してすぐに爆睡したのね。

昼過ぎに實は目を覚ましたわ。

とにかくこの日は、ちんたらして過ごそうと寝る前から心に決めていたの。まぁ、もともと充実した休日とは無縁なんだけど、本格的になにもない一日にしたかった。いろいろ気を揉んでいるのも嫌になってきちゃってたから、「今日はマジでほとんどベッドから出ないで、完全に思考を閉じて過ごそう」なんて思ったわけなの。

こんな日に限って、外は快晴だったわ。

閉めきった部屋の中がちょっと暑かった。でも、エアコンのリモコンが手元になかったの。

なにもかもが面倒で、もう一度眠ろうかと体を丸めたんだけど、空気が真昼すぎるし、ちょっと汗ばんできちゃったし、おなかも空いたし、二度寝は無理だったのね。

實は軽く舌打ちして、頭を搔きむしり、のそのそとベッドから這い出てきた。そしてコンビニで買っておいたおにぎりとインスタント味噌汁で朝食をとりながら、習慣的にPCを起動したわ。

紙の容器に入った味噌汁を啜りながら、實はなんの気なしに「スリムバンバン」というワードでネットを検索してみたの。特に理由はなかったんだけど、強いて言うなら、ラミちゃんのダイエットを茶化すネタ探しでもしとこうぐらいの気持ちだったのね。

ところが検索結果には、實が予想だにしなかった言葉が並んでいた。

實はおにぎりを手にしたまま、画面をただただ凝視してしまったの。

「なんだよ、これ」

煮卵がおにぎりの中から押しだされて、味噌汁のカップの中に飛沫をあげて落ちていった。

いまこのタイミングで「スリムバンバン」を検索したのって、神の思し召しなんじゃないかと實は思ったわ。検索単語の候補としてディスプレイに並んだ単語が、恐ろしいものだったからよ。

スリムバンバン＋価格

スリムバンバン＋激安

このへんはまぁ、見慣れたものだったんだけど、そのあとのキナ臭さがすごかったの。

スリムバンバン＋副作用
スリムバンバン＋被害
スリムバンバン＋賠償

おそるおそる検索結果にアクセスしてみると、スリムバンバンのユーザーが続々と健康を害していることがすぐにわかったわ。

ＳＮＳや、ネットユーザー同士で質問や回答を投稿し合うサービスのサイトに、「スリムバンバンを飲みながら絶食した結果、出血が起こり悪寒がして、飲用を止めても吐き気が止まらない」などの投稿がうじゃうじゃあったの。おびただしい数だったわ。仕事中に倒れ救急車で運ばれた人もいたし、嘔吐が止まらずに喉が切れて吐血した人や肝機能障害に陥った人までいた。みんな口をそろえて、広告に謳われているような痩身効果はなかったって証言してたわ。

スリムバンバンの広告には「脂肪を溶かして便と一緒にドロドロ排出する」という生体メカニズムを無視した記述がなされているんだけど、「こんなのが薬事法上赦されるはずがない」と憤慨して、厚労省に通報した人がいたのね。「厚労省からはナシのつぶてだ。政府のインターネットに対する意識が低すぎて、ネット犯罪は一向に減らない」と、その人は強く訴えてた。

健康被害を訴える声の中には、深刻なものが多かったわ。「日常生活に差し支えるぐらいの肝機能障害を起こし警察に被害届を出したが、動いてくれる様子がない。訴訟準備を進めています」と、静かな怒りを燃やす人もいた。

ラミちゃんの異様な態度は、過食と拒食を繰り返したせいだけでなく、毒みたいなサプリメントのせいで内臓が悲鳴をあげている兆候でもあったのね。

實は、「激やせしてあんたをナミダ目にさせてやる」と言ったラミちゃんの顔を思い出した。

このスリムバンバン関連のネット投稿を叩きつけて、ラミちゃんをこの足もとにひざまずかせてやろうと思ったわ。

「ラミちゃんのダイエット方法のチョイスは間違ってた。脱デブは失敗だったんだよ」

そう言ってやろうと、實はネットに無数にあった被害の記述をいくつかプリントアウトしたの。これを見せれば、ラミちゃんも無謀なダイエットを終わらせて元に戻るだろうと、ほっとする気持ちも、ちょっとだけあったのね。

そして、休み明け。ラミちゃんと対決するために、實はいつもより早く店に行ったわ。

普段は、ラミちゃんとどんな話題で意見をたたかわせることになっても、實が勝つことはなかったの。マシンガン2挺持ちでぶっぱなすようなラミちゃんの口撃に、ほぼ丸腰状態の實はいつも撃たれっぱなしだった。でも今日は、スリムバンバン関連のプリントアウトがあるのよ。

「今日ばかりは、ナミダ目になるのはラミちゃんの方だ」

勝てそう感に満ちあふれ、實は気合いたっぷりでラミちゃんが来るのを待ったわ。

でも、その気合いはムダになっちゃったの。

扉が開いたときに「来た！」と思ったんだけど、入ってきたのはマスターだったのね。

「ラミちゃんさぁ、今日はお休みしたいって」マスターはパチンコで7万円すったみたいな浮かない顔だったわ。「なんか、吐き気と下痢が止まらないんだってさ」

實は表情を押し殺して「風邪ですかね」って言うしかなかった。

「あの子、ダイエットしてるんでしょ。あんたも知ってるんでしょ」

マスターがそう言ってきたので、實はますます表情を硬くしなきゃならなくなったわ。

でも實の顔は厚い脂肪のせいで、もともと表情はあんまり動かないの。

「知らないですよ、そんなの」實がそう言うと、マスターは「どっちでもいいわ」と言って、エコバッグからお通しの入ったでっかいプラスチック容器を取りだして冷蔵庫に入れた。

「やせようとして、絶食でもしてるんでしょ。あんな、欠食性人格障害みたいになってるんだもの」問題放置の天才でもあるけれど、見るところはしっかり見えてるのが、このマスターがタヌキ親父たる所以なのね。

「そんな障害あるんですか？」實は話をそらそうとしたわ。

「医学書に載ってるものがすべてじゃないのよ。医学書がなによ、あんなもの。デブのことを肥満症とか病気扱いしてさ。デブは病気でも障害でもないのよ。生き方のひとつよ」

實はもう黙って、話を聞くことにした。

「なんでやせなきゃならないのよ。なんでデブのままじゃいけないの？　ここはデブを愛する者が集まるデブ専バーよ。自分を好いてくれる人がいるのに、わざわざやせることないじゃないの。デブ専バーじゃ、真実の愛なんか見つけられないから？　デブがデブ専バーで見つけられなかったら、たぶん、やせたって見つけられないわよ。真実の愛なんて、見つけるものじゃない。拾うものでもない。ドラクエじゃないのよ。真実の愛ってのはね、いい加減な関係から本物に育てていくものなのよ」

「真実の愛」なんてデカイ話されてもと、實は思ったわ。

「あたしはね、昔はガリガリだったの。虚弱体質でさ。ガリ子なんて、ゲイの世界じゃいちばんモテないじゃない。悲惨だったわよ。でも中年になって体質が変わったの。だから、太れたの。それで今のダンナと知り合って、もう20年いっしょに暮らしてるのよ。幸せよ。昔に比べたら、天国よ。デブ専はね、神様がくれたデブへのギフトよ。デブだって神様に愛されてる証拠よ。あたしは、いまの自分が好き。デブのどこがいけないのよ」

マスターは子ども時代をデブで過ごしていないから、同じデブでもメンタリティが違うんだなと實は思ったわ。たぶん、マスターにはないんだろうと思ったの。思春期のデブに刻まれる、孤独の爪痕が。

そんな實の思いを見透かしたかのように、マスターは言ったわ。

「デブが孤立するのは、デブが悪いんじゃない。世の中のほうが間違ってるのよ。なんの権利があって、デブを嗤うの？　貶めるの？　デブが不恰好だから？　人の見た目をからかったりしないのって、社会の最低限のマナーなんじゃない？　そんな基本もできない人間に、他人を嗤う資格なんかある？　そんな奴らの言うこと、真に受けてられないわよ」

「上からものを言われることも多いですよね、すこしはやせろとか。体に悪いとか」實がそう言うと、マスターの演説が熱を帯びてきたわ。

「ダイエットのほうが、よっぽど体に悪いわよ。デブで寿命を縮めた人と同じぐらい、ダイエットで寿命縮めた人もいるんじゃないの？　体に悪い事なんて世の中にいっぱいあるのに、デブの脂肪がパッと目につくからってデブにばっかり言ってくるんでしょ。本当に心配して言ってるんじゃない。てめぇが言いたいだけ、言いたいがために言ってくるのよ。そんな奴らの言うことなんて、聞く価値ないわよ。長生きできないとか、大きなお世話よね。老後の面倒でも見てくれるのかしら。あたしの人生が長かろうが短かろうが、あたしの人生よ。他人が口出ししていい筈ないでしょ。口出ししていいのはダンナぐらいよ。そうじゃない？」

「そうですね」

「バカどもにピーチクパーチク言われるからって、みんなちょっとでも太ると、ケツに火がついたみたいにダイエットするでしょ。でもね、やせないほうがキレイな人だっているし、やせないほうが幸せな人間だっているのよ」

實は、マスターの演説と正面衝突しないように、注意しながら言ったわ。

「その通りだと思います。要するに、誰であろうと自分が望む体型で生きていけばいいんじゃないかってことですよね。それで本人が幸せならば、他人がとやかく言うことはできないって」

マスターは頷いたわ。

「だとすると、ラミちゃんに脱デブしたいという気持ちがあるなら、それも、止める権利は誰にもないってことになりますよね」實は、そう言った。

マスターは實の目をじっと見つめて、それから低い声で笑ったの。肉に埋もれたおちょぼ口からのぞくマスターの歯は、年齢の割には白くて若かったわ。

「好きよ、實ちゃんのそういう性格」そう言うと、今度は高い声で笑って、實のオケツを撫でたの。オケツを撫でられるのは珍しくもなんともないことなので、撫でさせながら實も笑ったわ。

「大演説しちゃったわね」マスターはちょっと、照れくさそうだった。

「ラミちゃんがやせてこの店を辞めたいって言うなら、それはそれでいいのよ。あの子は7年もまめに働いて、店を盛り上げてくれたんだもの。裏切りだなんて思わない。いままで有り難うって思うだけよ。ラミちゃんの気持ちだってね、本当はわかるの。あたしは自分のガリガリな体を心底呪ってたけど、デブになれて自分が好きになれたわけでしょ。その反対でラミちゃんがやせて自分を好きになれるなら、そうなってほしい。自分を好きになるって、とっても大変で、とっても大事なことだものね。成功してもらいたいの。實ちゃん、あんただってそうよ。そのときが来たら、隠さないで言うのよ」

開店時間がきて、やがて店が混んでくると、マスターは店をマスター色の空気に染めていったわ。普段はラミちゃんがものすごい勢いで自分の空気にしちゃうけど、ラミちゃんがいなければいないで、マスターはちゃんと自分の空気を出せる人だったのね。普段よりゆったりした、ちょっと呑気で、ちょっと笑える話をマスターはたくさんしたわ。いつもとは違う笑い声が、店の中に響いたの。

實は實で、ラミちゃんに勝利する瞬間は先延ばしになってしまったけど、ラミちゃんからスリムバンバンを取り上げて勝利宣言する自分を想像するだけで、なんか元気が出てきたわ。マスターがラミちゃんのダイエットに勘づいていることがわかって、俄然こちらが有利なのは明らかだしね。

七夕が近かったから、コンビニで色紙を買ってきて、短冊をいっぱい作ったわ。

「笹を買って七夕の日に飾るから、願い事を書いてください。いいデブをゲットできますようにとか、性病をもらいませんようにとか」そう言って實は、お客のひとりひとりにアイドル笑顔を振りまいたの。

「なんか、張り切ってるね。初潮でも来たの？」お客に冷やかされて、素でちょっとはにかんだわ。

マスターは、お客に言っていた。

「やせたいデブはさ、やせさえすりゃ幸せになれると思ってるのよね。やせた後の自分を、ちゃんとイメージできないの。やせただけで幸せになんかなれやしないわ。あたし、やせてたけど、たいして幸せじゃなかったもの。貧乏人が金さえありゃ幸せになれると思ってるのとおんなじよね。金があったって不幸な人はごまんといるみたいにさ、やせててもクソみたいな人生送ってる奴はいっぱいいるのよ。やせたって、それだけじゃ幸せになんかならないのよ」

14

神楽坂にある和食店で、實は瀬谷さんとしゃぶしゃぶを食べていたの。その日、『ぐるぐる』は定休日だったのね。

瀬谷さんは再三、實を誘っていたんだけど、實がいつでも「行ってもいいけど行かなくてもいい」ぐらいの態度だったから、なかなか具体的なプランにならなかったのよ。ラミちゃんの件以来、實はしゃぶしゃぶどころか、瀬谷さんが店に来てもホテルにつきあったりしてなくて、瀬谷さんはいつも肩すかしを食らってたの。でもまぁ、瀬谷さんだって自分の都合がいいときにしか誘ってこないわけだし、けっこう店に来ないときだってあるわけだから、別に負い目に感じなくてもいいかぐらいにしか實は思ってなかったのね。

ところがなんだけど、最近、瀬谷さんが急に「ふたりで会いたい」って、ぐいぐいくるようになっちゃったの。あの神聖なるデブ崇拝の儀式がやりたくてしょうがないらしいのよ。

年配の男性が情熱的にエッチを求めるときって、どんなときかしら。

「絆を求めてるときなのかな」って、實は思ったわ。ゲイでもノンケでも、それは同じかもって。いつもちょっとぐらい特別な存在でいたいのに、どうでもいいと思われてるんじゃないかみたいな不安が襲ってきて焦ったんだろうと考えたの。まぁ、そもそも瀬谷さんが實の生活のメインキャストになることなんて、ありえないんだけどね。

瀬谷さんから頻繁にメールがきて「しゃぶしゃぶ食べに行こう」と粘られたので、實は「ああ、いいですよ」ぐらいの返事をしたのね。別に瀬谷さんを避けていたわけでも焦らしていたわけでもなかったし。

「お待たせいたしました。しゃぶしゃぶのお肉でございます」

和食店のテーブル席で瀬谷さんと實がビールを飲んでいると、サシがびんびんに入った霜降り和牛を、實ぐらいの巨体の若い仲居さんが運んできたわ。仲居さんはなんか、目の下のクマがすごくて亡霊みたいな顔をした巨デブだった。目つきがうつろで、充血してて、怖かったわ。和牛のほかにも、刺身やらサラダやら、瀬谷さんが注文したサイドディッシユを次々運んできたの。

瀬谷さんは、あれも食べなさい、これも食べなさいと、田舎のバアちゃんかよぐらい實にすすめたわ。人から指図されて食べるのが嫌いだって言ってあるのにと思って、實はちょっとイラついたんだけど、まぁ悪いから顔には出すまいと思って食べてたのね。

瀬谷さんは實の様子を見て、しゃぶしゃぶは失敗だったかなと思ったみたいだった。實は普段から牛丼とかコンビニのオムライスとか、がっつけるものばかり食べてるでしょ。いちいちしゃぶしゃぶしなきゃいけない肉なんて、食べようとしてもぎこちなくなっちゃうのよ。

瀬谷さんは空気をなんとかしようとして、話題を変えたわ。

「ラミちゃんは、まだダイエットなんてしてるのかな」当たり障りないだろうぐらいのつもりだったらしいのね。

でもそれは、まずかった。ラミちゃんの件は今の實にとってデリケートな話題だったから、ばっちり当たり障っちゃったの。實の表情は一気に硬くなった。だってラミちゃんの件で、一時は大変だったんだもの。

ラミちゃんは、「お下血が止まらないの」と言って、何日も店を休んだの。

マスターは「復帰はあんたのタイミングでいいから」と、メールを送ったわ。ゲイバーの店員が続けて欠勤なんてしたら、普通はクビになってろくな噂が立たないみたいな感じになるんだけど、マスターとラミちゃんの7年の絆は固かったのね。「病気で入院したぐらいに思っときましょ」と、寛大な構えだったわ。

「人件費が浮いたぶんで、タイにでも遊びに行きましょうか」と、マスターは實に言った。

「ふたりともエコノミー席に座るの無理じゃないですか」と實が言うと、マスターは顔の肉をくしゃっとさせて笑ったわ。本当は巨デブでも座れるんだけどね。座れないことにしといたほうが面白ければ、そうしとくの。マスターはね。

マスターと呑気な話をする一方で、實はラミちゃんにメールを送り続けてたわ。さすがにちょっと心配になったの。スリムバンバンのブラック情報のコピペとかＵＲＬとか、次々と送信したのね。でも、返事がぜんぜんないのよ。

もしかしたら、オレが何度もスリムバンバンなんかではやせないと言ったから、よけいに意固地になったのかもしれない。スリムバンバンを飲み続けて、ラミちゃんが死んだらどうしよう。ぜんぶ實のせいだと逆恨みしながら死んで悪霊と化し、おそろしい祟りを浴びせかけてくるかもしれない。

イヤな予感を打ち消せなくて、實はマスターにラミちゃんのアパートの住所を聞き出し、訪ねて行ったのね。お見舞いにラミちゃんの大好きなクレープを買ったわ。ホイップクリームといちごとマンゴーとバナナをくるんだやつよ。こうなったらもう、勝つとか負けるとかの問題じゃなくて、ただただ、ラミちゃんにスリムバンバンをやめてほしかったの。ラミちゃんの部屋の前まで来てから一度電話を入れたんだけど、電源を切ってるようだったわ。意を決して、實は「チェストーッ」ぐらいの勢いで突撃したの。

「どちら様ですか」北関東の訛りが混じった口調でそう言いながらドアを開けたのは、初老の女性だったわ。ラミちゃんのお母さんだって、すぐにわかった。ラミちゃんを縮小した感じの、ゴブリンみたいな顔をしたおばさんだったからよ。

實はちょっと戸惑ったの。ラミちゃんが母親にゲイであることをオープンにしているかどうかわからなかったし、もしゲイバーで働いていることを隠してたら、うかつなことは言えないでしょ。もしラミちゃんが一切合切を秘密にしていたら、お母さんの前じゃした い話ができないじゃない。とりあえず實は、「同じ職場で働いております、原田實と申します」と、嘘じゃないことだけ言ったの。

部屋に上げてもらうと、ラミちゃんが「どうしたのよ」と、びっくりした顔でこちらを見たわ。お母さんが實とラミちゃんを交互に見ながら「あんたの職場はハア、太った人しかいねぇんけ」と言ったの。ラミちゃんは「そうよッ」と、豪快にオネエをぶっこいたわ。
とりあえず、ゲイであることを隠してはいないと、これでわかったのね。
ラミちゃんは想像していたよりも元気そうで、スリムバンバンなんてもう飲んでないし
二度と飲まないと自分から言ってくれた。實は、ちょっと安心したの。
「あんた、あたしがダイエットしてたこと、マスターにチクったんでしょ。だから言い訳
に来たんでしょ」逆にラミちゃんが鬼刑事的に詰問してきたんだけど、「最初から知って
たみたいだし、反対しないって」と實が言うと、もう追及してこなかった。
今は大事をとってお休みしてるけど、体調はだいぶよくなったというラミちゃんの言葉
に、實はかなりホッとしたわ。だけど、その気持ちは一時的なものだったの。すぐにねじ
曲がった實の脳内でアラートが鳴ったのね。
「それならどうして、お母さんが看病に来ているんだろう。このお母さんもそわそわした
感じだし。なんか、おかしい。クレープぜんぜん食べないし」
實は、ラミちゃんの言葉を鵜呑みにしちゃいけないと思ったの。この、ゴブリンみたい
なお母さんから情報を引き出さねばって。それには、ラミちゃんがいないところに連れ出
さなくちゃならないわ。
電話番号を書いたメモをこっそり渡そうかとも思ったんだけど、メモからは足がつくわ。

このゴブリンがメモを完璧に隠しながら、ラミちゃんに知られないように連絡をくれるなんて期待できない。ゴブリンに女スパイの適性があるとは思えないわ。

アパートの外で捕獲する必要があると悟った實は、いったん引き上げることにしたのね。ラミちゃんに笑顔で見送られて、實は部屋を出たの。

しばらくドアの前でお母さんが出てくるのを待っていたんだけど、考えてみたら、實と出くわしたお母さんが、熊に遭遇したみたいな悲鳴を上げかねないわ。それで、階段を下りたところで待つことにしたのね。

階段の下にはゴミ捨て場があったの。いちばん手前のゴミ袋から、スリムバンバンのアルミ袋が透けて見えたわ。百均で買った安物のゴミ袋だから、透け透けだったのよ。前のゴミの日から今日まで、相当な量のスリムバンバンを飲んでいるはずよ。もう飲んでいないなんて言っておいて、實を謀(はか)ったのね。ねじ曲がりデブをナメてるのよ。

「あのブス、絶対に鼻先に証拠を突きつけてやる。ブス」もう、ラミちゃんへの心配を攻撃欲求が凌駕(りょうが)して、實の中で紅蓮(ぐれん)の炎となって熱風を巻き上げたの。

82分後に、ゴブリンは部屋から出てきたわ。買い物に行くような様子だった。

あとを追(つ)けて、スーパーで偶然会ったかのような芝居を打った實は、ゴブリンをコーヒーショップに誘い出すことに成功したの。ゴブリンの話は、實の予想通りだったわ。どうしていいかわからない、母親の苦しい胸中を實は聞くことになったのね。

ラミちゃんはスリムバンバンを飲むのをやめてないし、拒食と過食を繰り返していて、摂食障害に陥っているとのことだったの。どか食いすると、喉にデブの太い指を突っ込んで吐くんだって。トイレを詰まらせちゃうから、水が溢れて床に染みこんじゃって大家も怒ってるそうなのよ。病院へ行けと再三言ってるんだけど、ダイエットをやめろとか言われるから行かないと、頑(かたく)なに拒否してるということだったのね。

「今度はオレがオマエを謀る番だ」

實はどす黒い笑みを浮かべながら、奸計(かんけい)をめぐらせたの。

デブからもデブ専界からも足を洗いたがってるラミちゃんに、デブが何を言おうが聞く耳をもたないことはわかってたわ。だから、實はまずマスターに、ヒロというゲイの青年に連絡をとってくれるように頼んだの。

ヒロは、ゲイのクラブイベントなんかに出演するマッチョなゲイなのね。DJの演奏にあわせて、パンツ一丁で自慢の筋肉やもっこりを見せつけながら踊るゴーゴーボーイなの。ネットアイドルみたいなのも狙ってて、セルフプロモーション的なこともやってるのよ。

セルフプロモーションっていっても素人仕事で撮った動画をYouTubeにアップしてるだけで、たいしたことはできてないんだけどね。モテないゲイから「イケメンですね」とか「おいしそうです」とかコメントつけられて、なんか調子に乗ってるのよ。

ヒロはデブでもデブ専でもないんだけど、『ぐるぐる』には何度か来たことがあったの。マスターと知り合いみたいなのね。ラミちゃんは彼が本気でド真ん中のタイプだったらしくて、緊張していつものマシンガントークがことごとく空回りしたの。それを見てマスターも實も、下を向いてクククと笑ったわ。

実は、ヒロはね、過去に巨デブだったことがあるの。

ゲイバーデビューしたのはデブ専バーだったのよ。

巨デブだった頃のヒロはデブ専からモテまくってて、シモユルだったからあちこちのデブ専と寝てたのよ。マスターとは上野にある『ぐるぐる』じゃないデブ専バーで知り合ったんだけど、そのときヒロは、カピバラみたいな顔した思い詰めやすいデブ専との別れ話がこじれて炎上中だったのね。

カピバラは、『ぐるぐる』を含め上野のあちこちのゲイバーに頻繁に出入りしてたけど友達はできないみたいな人だった。つきあえると思ってたヒロにヤリ捨てられそうになって、被害者意識に脳髄まで侵されてたの。エッチの最中に撮った、ヒロがカピバラのアレを咥えてる画像をばら撒くと迫ったらしいのね。まぁ、撮らせるヒロもヒロなんだけどね。ヒロは「なんとかしてください」とマスターに泣きついてきて、マスターの説得でカピバラは鎮静化したのよ。でもタヌキ親父のマスターは、件の画像はしっかりカピバラから入手してたの。

その後、ヒロは脱デブに成功して、ジムに通ってマッチョになったわ。アイドルになろうとしているこの時期、ヒロにとっては巨デブであった過去もその画像も悶絶するほど消したい黒歴史なの。

「ヒロをラミちゃんの見舞いに引っ張りこみたい」と實が話すと、「お安い御用よ」と言ってマスターは笑ったわ。秘密を握るマスターが頼めば、ヒロはホイホイ言うことを聞くわけなのね。

そんなこんなで、強力な味方をゲットした實がラミちゃんと対決する日がいよいよ来たわ。食事に置き換えるスリムバンバンは飲む時間が決まっているから、待機時間は少なくてすんだ。

張り込み中、ヒロはなかば面白がってたの。

「ラミちゃんがサプリを飲もうとした瞬間に、母ちゃんが携帯電話鳴らして合図。そしたら、オレらふたりで踏み込むんだよね。ロサンゼルス麻薬取締官みたいだね」

浮かれた口調に實はちょっとイラついたんだけど、ヒロは段取りをよく理解してくれてたわ。

20分後、實のシナリオ通りにことは運んだの。お母さんの合図とともに實とヒロがアパートに突入すると、ラミちゃんはスリムバンバンの小袋を手に、哀れなぐらいぽかんとしてしまった。ヒロの姿を見たことで混乱して、マシンガンが弾詰まりを起こしたのね。「スリムバンバン、飲んでるじゃん！　ばっちり飲んでるじゃん！」實が人差し指を突きつけて叫ぶと、ラミちゃんは放心したみたいに「ごめんなさい」と言ったの。

そこから實の説教が始まったわ。スリムバンバンがいかに危険かとか、摂食障害が死と隣り合わせであることとかをわざとネチネチ論じたの。それから、有楽町に摂食障害専門のクリニックがあるから通わなかったらブッ殺すと迫った。「それ、死ぬなら殺すって言ってない？」とヒロが突っ込んだけど、ヒロの役割は終了していたのでスルーされたのね。ラミちゃんは「スリムバンバンが危険かどうかは体質によるもので、あたしは大丈夫」とかなおも抵抗したんだけど、ヒロから「でも、やせてないじゃん」とスルー不可能なパンチを繰り出されて、麻酔銃を撃たれたゾウのようにうなだれたわ。

そのとき、ダメ押しみたいに、ラミちゃんのお母さんが爆発的に泣き出したの。

「あんた、死んじゃうだどぉ、このまんまじゃ死んじゃうんだかんねぇ」

ラミちゃんのお母さんの泣き声は、いままでどんなにラミちゃんが心配だったかを見事に伝えてきたわ。實の母が浮気がばれて泣いた時みたいな「私に同情してアピール」がぷんぷん臭う泣き方じゃなくて、まさに赤ん坊のように泣いたの。さっきまで面白がってたヒロまでもらい泣きしてた。さすがのラミちゃんも、これで完全にノックアウトされたわけなのよ。

幸いなことに、クリニックに通いはじめたラミちゃんはすんなり回復していった。『ぐるぐる』にも、實が思ったよりぜんぜん早く復帰できたの。

「もう、あんなバカなことはしない」と、ラミちゃんはウソじゃない感じで言ったわ。スリムバンバンとはすっぱり縁が切れて、過食と拒食の地獄のスパイラルからも、まだ傷が浅いうちに脱出できたの。

『ぐるぐる』に復帰してからしばらくは、ラミちゃんのマシンガントークのキレが7割ぐらいしか戻っていないように實は感じてた。だけどマスターは「7割ぐらいでちょうどいいわよ」と言ってたわ。

和食店の若い巨デブの仲居が、しゃぶしゃぶの〆（しめ）のうどんを運んできた。

どんよりした顔だったわ。

うどんを啜りながら、瀬谷さんは言ったの。

「ラミちゃんはあのままで魅力的なのに、バカなことするね。体壊してまでやせることないのにねぇ」

体を壊すまでは誰もそんなことを言ってくれないのだと、實は思ったわ。体を壊してでもやせたいと思うほど、デブは追いつめられる。そして体を壊してなお、バカなことするなと言われる。それがデブなんだって。

ラミちゃんのマシンガントークが7割ぐらいしか戻らない理由が、實にはわかっているの。自分を変えて自分を好きになりたいという希求が潰れてしまった。潰れた希求は、簡単には消えてなくならないわ。抱えて生きていくの。どんなに切なくても。

ラミちゃんはいま、そんな状態になったばかりで、切なさと折り合いをつけて生きていく道を探しているのよ。

實は、うどんの入った小鉢をテーブルに置いて、考えに耽ってしまったわ。

あんなにデリケートな状態のときでさえ、デブはさまざまな意見にさらされるんだ。瀬谷さんのようにみんな違っていいという人もいれば、違うことを許さない人も世間にうじゃうじゃいる。

みんながデブにむかって気軽に意見を投げつけてくる。ぱっと見で目にとまるデブに。言いやすいデブに。大人であろうと、子どもであろうと。食欲中枢の暴走を知らない人間が、無責任で勝手な意見をぶつけてくるんだ。

これまで人から散々投げつけられてきた言葉が、實の脳にはぜんぶ記録されてるの。ふとしたきっかけで、どんなにいやでも脳内に鳴り響いてくるのね。

「やせなきゃ体に悪いよ」

「だらしないから、心が弱いから太るんだよ」

「食べてばっかりいないで運動しろよ」

「デブ見ただけで暑い、満員電車乗るな」

「何言われても気にしなきゃいいじゃん」

「太ってるからって気にするのって、器が小さい」

「自分は自分じゃん、おおらかになれよ」

耳をふさぎたかった。

瀬谷さんが怪訝な顔で見ていることに、實は気づいていなかったわ。

デブが相手なら、自分が言いたいことを言いたいだけ言っていいと、誰もが思ってるんだ。いろんな角度からいろんな意見を好き勝手に投げつけられても、デブの心は引き裂かれないと思ってる。同じ事をされたら泣き叫ぶだろう人間が、デブには思いやりの欠片もないことを言ってくるんだ。デブは食べ物さえあれば幸せだと思ってる。どいつも、こいつも、そう思ってる。

瀬谷さんが「實くん」と呼ぶ声が聞こえてきて、實はハッと我に返ったわ。

「すみません、なんでしたっけ」そう言うと、瀬谷さんは苦笑して「ダイエットサプリの話をしてたんだよ」と言ったわ。「なんか、危ないのがあってね、すごく売れてたみたいなんだけど、死人が出たってニュースでやっててさ」

實は、全身から血の気が引いていくのを感じたわ。

「それって、なんていうサプリですか」

「なんだっけなぁ、絶食するかわりに飲むみたいな」

「スリムバンバン？」

「そう、それ」

なんてことだろうと、實は思ったわ。

自分を好きになりたいという、ラミちゃんが抱き続けていた希求。それが、道を間違えれば死につながるものでもあったことが、リアルに胸に迫ってきたのよ。

「どうしたの、實くん。顔がまっ青だけど」瀬谷さんが心配そうに首をかしげたわ。

「すみません、急に気分が悪くなって」實は、びっしりと汗をかいてた。「食い逃げみたいで申し訳ないです、帰ります。本当にすみません」

實は食べかけのうどんと瀬谷さんを残して店を出たのね。


帰宅した實は、いの一番にネットにアクセスしたわ。

スリムバンバンのメーカーはSNSにアカウントを持っていて、特売情報や体験談なんかを広報してたんだけど、そのアカウントはすでに大炎上していたの。

「人殺し」「死んで詫びろ」みたいな野次レベルのものから、「金と健康を返せ」「一生かけて復讐してやる」みたいな巌窟王級の怨恨まで、数千にものぼる地縛霊たちの巣窟になってたわ。中には「デブなのがそもそも悪くね？」「食うだけ食ったんだからあきらめろ」「楽してやせようとしたデブどもへの粛清」「デブは死に絶えて貧困に喘ぐ国に食糧をまわせ」みたいなものもあって、それがまた炎上に拍車をかけてたのね。

少し時間が経つと、面白がるネットユーザー達がスリムバンバンのメーカー社長と社長夫人の画像を晒したの。社長は伸びたパンチパーマに色つきの金縁メガネをかけ、昔のチンピラが着そうな刺繍入りの黒シャツを着てたわ。そんな、昭和じゃねえんだよぐらいの恰好をした男が、指輪をした手にアサヒの缶ビールを持ってニヤリとしている画像だった。

夫人の画像は社長のとは違って、パーティの集合写真みたいだったわ。ファンデーションがフラッシュで白く光って、顔と首がぜんぜん違う色だった。顔が白いぶん、歯が黒ずんで見えた。ぎりぎり太ってはいないけど、目蓋や顎はかなりたるんでた。髪はホースレッドで、50歳は超えていそうなのに口紅は真っピンクだったの。パーティなのに目が死んでた。グッチかどこかのブランド服を、似合ってないのに無理くり着ていたのね。「どうやったら夫婦そろってこんなにガラ悪くなれるんだ」ってコメントがついてたけど、その通りだったわ。

亡くなった会社員の男性は1ヶ月にわたってスリムバンバンを飲んでいて、絶食もしてたんだけど、ラミちゃん同様、やせてなかったの。餓死したわけじゃなくて、急性の肝機能障害と甲状腺機能障害を併発して亡くなったのよ。遺族が、スリムバンバンのせいだとして警察に強く訴えたのね。死者が出てから警察と厚労省はようやく動いたみたいなの。もはや薬事法違反は逃れられない。警察がこれからスリムバンバンと被害者の死との因果関係を調べることになるだろうと、ネットニュースに記事が載っていたわ。

それだけでも充分おそろしいのに、實がそのニュースを見た93分後、スリムバンバンの

SNSアカウントから、戦慄(せんりつ)の書き込みが投稿されたの。それは、逮捕の可能性が高くなった社長夫人が自名つきで投稿したものだったわ。追いつめられて、精神が狂気じみてきていたみたいだったのね。


「おまえ達が死んだところで、私は後悔など決してしません。

おまえ達は、家畜なのです。市場が飼っている、家畜なの。

食品業界や外食産業の宣伝に洗脳されて、バカみたいに金を使って、高カロリー食をおなかいっぱい詰め込んだおまえ達。

そんなおまえ達は、代謝が落ちた者から丸々と太らされていくのです。

ぶくぶく太って、ほかの家畜どもから笑われて、おまえ達はダイエット業界に再び金を吐き出すのよ。

愚かな家畜は、ほかの家畜から笑われるぐらいなら死んだほうがましだと思っているのでしょう。エステに通い、ジムに通い、サプリを買い、書籍を買い、機器を買い、いくらでも金を吐き出すんだものね。

もう一度言うわね。おまえ達は市場の家畜なの。

つらい労働に耐えて、金を抜かれ続ければいいのです。

食べては太り、やせては食べ、死ぬまで金を吐き出し続けなさいな。
家畜が死んだところで、家畜は家畜。ブタが死んだって、誰が泣きますか?
私は後悔などしない。おまえ達はブタなのだから。」

これを読んだ實は、その破壊力に気を失いかけたわ。体の震えが止められなかった。中学生の頃「メシを残すならなにも食うな」と父親に殴られたことがあったけど、そのときのダメージなんてこれにくらべたら蚊がとまったぐらいのものだと思ったの。

体中の血液が逆流するような怒りが、全身を覆った。そして、そのあと無力感にとらわれて、体が鉛のように重くなったわ。もう、横たわるしかなかった。

こんな奴らが、この世ではあとからあとから涌いて出てくるんだ。デブを取り囲んでいる世界は、悪意に満ち溢れた妖怪だらけなんだ。そんな中で、オレたちは生きのびなければいけない。でも、そんな思いをしてまで生きる意味ってなんなのだろう。

實は、なぜかラミちゃんの声が聞きたくなって、電話をかけてみたの。

「なによ、どうしたの?」ラミちゃんのいつもの声にほっとして、「いや、なんでもないんだけど、ラミちゃん、スリムバンバンやめて本当によかったなと思って」實は、そう言ったわ。

「ああ、社長夫人のアレ、読んだわ。完全にブチギレてたわよね。ねぇ、いまちょうどロールケーキ作ったとこなの。明日持っていくから、あんたにもあげるわね。めちゃくちゃ美味しくできたわよ」

ラミちゃんが作るロールケーキは、いつもパサパサしていて、まずい。でも、オレに作ったんだ。オレのために作ったわけじゃないみたいな言い方だけど、絶対オレに作ったんだ。スリムバンバンから足を洗わせてあげたことへの「ありがとう」の気持ちからなんだろう。

社長夫人の投稿を読んで、ラミちゃんだって慄然としたに違いない。オレと同じような、厭世的な気持ちになったことは想像に難くない。それでもラミちゃんは真っ先にオレにケーキを作ったんだ。

そう思うと、實はラミちゃんのまずいロールケーキを無性に食べたくなったの。

それから、社長夫人の顔の迫力についてだとか、ちょっとだけ話して電話を切った。

實は、もう一度ＰＣに向かって、社長夫人の画像をまじまじと見つめたわ。デブの心の痛みを利用して巻き上げた金を、似合いもしないブランド服や宝石に替えて着飾った、あの顔を。

「オレもラミちゃんも、家畜なんかじゃない」

画像に向かって實は、そうつぶやいたの。

15

たまみが拓也からの求愛を涙ながらに断った日から、早くも半年が過ぎていたわ。たまみは、21歳になっていたの。

たまみが願ったとおり、拓也と顔をあわせるのは仕事のプレゼンがたまみの店で行われるときのみになったのね。拓也は仕事のメールは送ってきたけど、プライベートなメールは誕生日のお祝いだけにしてくれていたの。それも、返信は不要ですと末尾に書いてあったのね。拓也の配慮はありがたかったわ。胸の痛みが薄れるまで、刺激の少ない時間が必要だったのよ。

女将さんは一度だけ「どうかしたの？」と聞いてきたんだけど、たまみが「最初からそういうんじゃなかったんです」と答えると、その顔を見てだいたいのことは悟ったみたいだったのね。店の中の誰も、余計なことは聞いてこなかった。女将さんの圧力よ。

なにも聞かれないなら聞かれないで、痛みがないわけじゃないわ。腫れものにされちゃってるアタシみたいな感覚って、けっこう痛いものでしょ。でも、ズケズケ聞かれてバンバン雑なことを言われたりして、腫れてるのに平気で踏んづけられちゃってるアタシみたいな痛みのほうがレベルが数段上よね。なにも聞かず、なにも言わないでいてくれたほうが絶対ましだったの。女将さんに感謝したわ。

とにかく、たまみは仕事に打ち込んだのね。前に進むんだ、前に進むんだって、それだけを考えてた。でも、こういうときって、走っても走っても、ジムのランニングマシンの上にいるようなものなのよね。一生懸命息を切らして足を動かさないとうしろに落っこちちゃうから必死に走るんだけど、前に進んでなんかいないのよ。

街の中で拓也みたいなプロポーションの青年を見ると、つい目で追ってしまうの。そして、気づくの。拓也みたいな人はどこにもいないって。たとえよく似てても、ぜんぜん違うって。幸せになるイメージなんて、以前にも増して描けなくなってることに気づくのよ。

更衣室に入ると、七夕が過ぎて用済みになった笹が放置されてたわ。それを片づけながらたまみは、もう自分の人生のピークは終わっちゃったんだろうかなんて思っていたの。

そのとき、彩香ちゃんがドラッグストアのレジ袋を手に、店のバックヤードに入ってきたのが見えた。女将さんに「店に来るな」と言われてるのに、平気でやって来るのよ。たまみと目が合ったけど、何も言わずにトイレに入っていったのね。ここのところ彩香ちゃんはひきこもっていて、その日も髪は伸びっぱなしで化粧水もつけていない様子だったわ。

でも、ひさびさに外出したんだ。ドラッグストアに行ったなんて、回復の兆しかなぁ、なんて、たまみは思ったのね。

数ヶ月前、彩香ちゃんはとうとうダンスクラスを辞めてしまったわ。女将さんもさすがに、彩香ちゃんのことを突き放して考えるようになったの。「いつか、誠実に生きてこなかったことを本格的に後悔すればいいの。そんな目にあわない限り、あの子は変われないでしょ」って言ってたわ。

本格的に後悔するようなことって、どんなことだろうとたまみは考えた。変な男に引っかかって妊娠するとか、風俗で働かされるとか、そんなことかなと思ったわ。でも、この頃の彩香ちゃんには、男も寄ってこなくなってたの。

彩香ちゃんはダンスを辞めてから、太りはじめたのよ。

彩香ちゃんは、あんドーナツとバナナシェイクという、聞いただけで胸焼けするような組み合わせにはまったの。毎日食べてたら、みるみる太ってきたのね。「太ったんじゃないの」と仲居さんに言われるようになってからも、ぜんぜん止められなかった。彩香ちゃんが「腕がいい」とおだててる若い板前さんが、おだてを真に受けて毎日あんドーナツを作ってくれるからよ。仲居さんからはもう、別人28号って言われてたわ。たった数ヶ月でよ。

今まで太ったことなんか一度もなくて、自分は太っていないということだけでたまみを見下してきた彩香ちゃんでしょ。ちょっと自我が崩壊気味になって、ひきこもりっぽくなっちゃったのね。ひきこもったら、ますます太ったのよ。彩香ちゃんのおしりを見て、女将さんはフンッて鼻で笑ったの。それでも、あんドーナツはやめなかったんだけどね。

「でも、あたしはたまみちゃんほどには太っていない」

彩香ちゃんは、しばらくはそれだけを心の支えにして生きてるようだったわ。でも、たまみを基準にしちゃだめでしょと早々に気づいたみたいで、それから急に焦りはじめたのね。焦ったって言っても、やったことは自分に届いた迷惑メールのうちダイエット関連商品のものをじっくり見たってだけなんだけど、「脂肪を溶かして便と一緒にドロドロ排出する」というキャッチコピーとバカ高い値段と過酷なプログラムが「効きそう感」を醸成しているスリムバンバンに目が留まったの。

ひさびさに外に出てドラッグストアを見てみると、偶然にも棚にスリムバンバンを見つけたので、彩香ちゃんはこれは運命かもと思ってひっつかんでレジに向かったわ。帰って来てさっそく試してみようとしたら若い板前さんに見つかって、「それ、ネットで炎上してるやつっスよ」って教えられたの。それで彩香ちゃんはまっ青になったのよ。

更衣室のロッカーの上に置きざりにされたスリムバンバンを、たまみは着替えの時に見つけたわ。彩香ちゃんが買ったんだってことは、サルでもわかる感じだった。

この類のダイエット食品とかサプリメントなんて、たまみは過去にさんざん試していたの。とっくの昔に見限っていたのね。10代の頃に、なけなしのお小遣いを注ぎ込んでは、まったくやせずに幾度となく枕を濡らしてきたんだもの。いくらおいしい言葉で釣ってこようと、本当に巨デブを普通体型にまでしてくれるものなんて、ありゃしなかったわ。こんなもの、聖母・冷蔵庫様のご威光の前では鼻くそほどの力も発揮できない。こういうものを売る人は世の中に腐るほどいて、そんな人は消費者に美しくなってほしいとか健康になってほしいとか、これっぽちも考えてない。いいかげんなものを、あり得ない値段で平気で売りつけてくるのよ。

たまみは、パッケージに書かれた能書きを読んでみたのね。

「ああ、断食系か」

たまみは、思わず苦笑したわ。断食系ダイエットに挑んだ者の多くは食欲中枢の神の逆鱗に触れて、爆食地獄にたたき落とされることをとっくに学んでいたの。

スリムバンバンをロッカーの上に戻そうとした、そのとき。

たまみは不意に、辻堂拓也の言葉を思い出してしまった。

「厳密に言うと、いまよりちょっとやせたぐらいのたまみちゃんがベストなんだけど」

拓也のことは心の中で今でも神様レベルに慕っているけれど、こういう言葉って忘れないのよね。「あれはちょっと、どうかと思う」なんて独り言をつぶやいていたら、連鎖反応で拓也とのお別れの日に見かけた遠藤よき子のことも思い出したのね。

よき子は、見違えるほどやせていたわ。

巨デブだった過去があるなんて想像できないほど。

「どうやってやせたんだろう」たまみはそうつぶやきながら、力士がまわしを締めるみたいに、和服の帯のマジックテープを留めたの。

仕事を終えて家路をたどる間、たまみは拓也のことより、よき子のことを繰り返し考えていたわ。

「脂肪吸引とかしたのかなぁ」

たまみは、よき子に教えを乞おうかなぁなんて考えていたの。あれから半年も過ぎて、今さらどころじゃなかったんだけど、そのくらいたまみは前に進んでなかったのよ。

中学時代、よき子からは「あんたと仲良くする気、ゼロだから」って言われちゃってた。それは忘れていないわ。昨日のことのように思い出せる。

「でも、あれからお互いに大人になって成長しているはずだし、ダメもとでお願いしてみようかなぁ」たまみは、そう思ったの。

彩香ちゃんみたいに怪しげな健康食品に手を出すよりも、成功者の真似をしたほうが確実よね。成功者と言っても、ネットや雑誌の広告みたいなインチキくさいものじゃなくて、よき子はちゃんとリアルな成功例なんだもの。弟子入りするとしたら、薄くても縁がある人がいいわ。

家に帰ったたまみは、コンビニで買った紅茶フィナンシェを食べながらネットにアクセスして、スリムバンバンを検索してみたの。そして、スリムバンバンのせいで死亡者が出たことを知ったのね。思わず頬ばっていたフィナンシェを喉に詰まらせそうになった。スリムバンバンを捨てるか返品するように、彩香ちゃんに言わなくちゃと思ったの。

そして、亡くなった人のことを思って、ちょっと涙ぐんでしまったわ。

「命まで失うほど過酷なダイエットをするって、どんなに苦しかっただろう。でも、体の苦しさ以上に、きっと心が苦しかったんだよね。やせなきゃ生きている価値がないって思い込まされたからなんだよね。生きてるのも死ぬのも、どんなに辛かっただろう」

メーカーのSNSには1000件を超えるコメントがついていたんだけど、読み進めているうちに、「自己責任」という言葉が何度も目に飛び込んできた。

「私もいろいろなダイエットに手を出しては失敗し続けてた。もしかしたら、私だってこの男性みたいに死んでいたかもしれない。もし死んでいたら、私も自己責任って言われていたんだろうか」

次から次へと、効果の出ないダイエットにやみくもに手を出し続けた頃、自分を嗤う声にどんなに追いつめられていたか。それを考えたら、どうしても自己責任なんていう言葉に納得することはできなかったわ。

「自己責任なんて言い方はひどい。誰かが追い詰めなければ、こんな無茶なダイエットをするはずないんだから。自己責任だなんて書いている人、もし自分が同じように他人から追い詰められたら、そんなに強くいられるのかな」

SNSの書き込みの中に、「どのみちデブは早死にってことで」と、何人かが投稿していたわ。デブには何を言ってもいいと思っているかのように。

「デブの寿命を削るのは、生活習慣病なんかじゃない。生活習慣病のようには表に出てこない加害者がいるの。それは、デブを笑う人たちだよ。笑って、嗤って、追いつめていくの。やせればいいじゃんとか簡単に言われるけど、なかなかそんなにうまくやせられるわけじゃない。私だってあれこれ頑張ったけど、やっぱりだめだった。ダイエットに失敗すると、根性なしのダメ人間扱いされて、ますます追い詰められる。亡くなった人だってきっと、無茶をしなくてはいけないような気持ちにどんどんさせられたんだよ。その挙げ句に死んでしまって、自己責任だなんて言われてるんだよ」

それから、たまみはメーカー社長夫人の戦慄の書き込みを読んだの。

「おまえ達は市場の家畜なの。ブタが死んだって、誰が泣きますか？」という言葉に、膝から崩れ落ちるぐらいの衝撃をくらったのね。怒りと恐怖と悲しみが入り混じった感情で、全身の体液が泡だってくるようだったわ。

涙が、ぼろぼろこぼれてきた。

たぶん、メーカー社長や社長夫人は逮捕されて起訴されて有罪になる。民事でも負けて賠償責任を負わされるわ。でも、世間の人達はすぐに忘れるの。そして、デブを嗤い続ける世界は変わらない。デブを嗤う人たちがいる限り、それに傷つくデブがいる限り、次から次へとこんな業者は現れる。ゴキブリみたいに決して死に絶えないわ。

デブは、こういう奴らにずっとつけ狙われるの。自分を嫌う気持ち、変わりたいという切なる願い、そんないちばんやわらかいところを、ゴキブリみたいな奴らに食いつかれるのよ。かわいい女には怪しげなスカウトやらナンパ男やらが次々に近寄ってくるらしいけど、追い詰められたデブもこんなふうに常に下衆（げす）な人間にまとわりつかれているの。

やせよう、絶対に。

たまみは、そう決意したわ。

たまみの脳内で、よき子が唯一の希望の星となって輝いた。たまみの体重じゃ死なななきゃ空は飛べないけど、よき子は渡り鳥が目印にする北極星みたいだと思えたの。「弟子にしてくれ」なんて言ったら、よき子のことだから、スイスアーミーナイフみたいな言葉を投げつけてくるかもしれない。でも、この求道心はナイフじゃ止められないとたまみは思ったのね。

明日にでも連絡先を調べてコンタクトしてみよう。

そう思ったら、やけに腹が据わってきたわ。力がみなぎってくる気がしたの。

この半年間、たまみは確かにジムのランニングマシンの上で走っているようなものだった。1ミリも前に進んではいなかったの。だけど、巨体を揺らして走ったぶんの筋肉はついていたのよね。マシンから降りさえすれば、その筋肉で力強く走り出せるぐらいになっていたのよ。

ところが、現実はままならなかったわ。

この翌日、たまみはよき子の訃報(ふほう)を受け取ることになってしまったの。

16

よき子が死んだという報せ（しら）は中学校の同窓会の役員から送られてきたもので、おそらくは同学年の卒業生全員に届けられたものだったわ。

あんなに強く、鋭く、頭の回転が速かった人の寿命がこんなにも短いなんて、たまみには納得できなかった。しかもあんなにきれいにやせて、あんなに幸せそうだったよき子がもういないなんて、とても信じられなかったわ。

あれだけやせるからには、他人にはわからない相当な努力があったに違いない。その先に待っていたものが死だったんだと思うと、たまみは仕事中でも、やりきれなくて涙がこみ上げてきてしまったの。

なにがあったんだろう。

それを知るのは、怖かったわ。会ったこともないスリムバンバンの被害者のことでだって、あれだけ心を揺さぶられたんだもの。よき子の死の真相を知ったら、そこにどれだけ大きな怒りと悲しみが待ち構えているかわからない。もしかしたら、またゼリーに吞み込まれてしまうかもしれないじゃない。

通夜も告別式も終わり、まだ初七日になる前のタイミングで、ようやくたまみはよき子の家を弔問することにしたの。なにがあったのかを知るのが怖い気持ちを克服しきれたわけじゃなかったんだけど、やっぱり受け止めなければと思ったのね。

もしも、よき子の死にダイエットが関係しているなら、よき子の霊前で自分だけでも「がんばったね、えらかったね、つらかったよね」と、言ってあげなきゃいけないと思ったのよ。

そう決意したたまみは巨デブ用の礼装で、同じ校区の、そんなに馴染みはないけど何度かは来たことのある道を歩いたわ。一歩一歩、真相を知る怖さを踏み砕いていくような気持ちだったのね。

すると、「細川さんじゃない?」と、見覚えのあるようなないような女が声をかけてきたの。とびきりの美人じゃないけどオシャレへの関心は高いみたいな、よくいる感じの女だったわ。誰なのか、すぐには思い出せなかった。その子も喪服を着てたから、同級生であることはかろうじてわかったの。

「なんか、あたしのこと全然覚えてなさそうなんですけど」と、彼女は笑い、「堀切由香(ほりきりゆか)だよ。3年の時だけ同じクラスだったよね」と、自ら名乗ったわ。

名前を聞いて思い出した。男の子ともけっこういっしょに遊んでたおしゃれグループの、末席にいたぐらいの子。場を明るく盛り上げるのに命を懸けてて、誰がなにを言っても「だよねッ」って答える女だったわ。

「よきちゃんのとこに行くんだよね、あたしも、あたしも」

堀切由香はばっちり、たまみに歩調をあわせてきたわ。一緒に行く気まんまんみたいだった。たまみのことなんて一度も思い出したことないけど、ひとりで線香あげに行かなくてすんで本当によかったと、顔にはっきり書いてあったの。

堀切由香はマンションでひとり暮らしをしているんだけど、訃報が実家に届いたものだからよき子の死を知るのが遅れて、通夜も告別式も参列できなかったって言ったわ。

堀切由香はよき子とは違う大学に進学したんだけど、ちらほら会っておしゃべりしたりしていて、よき子がやせてからは何度か合コンに誘われてホイホイ参加してたりもしたらしいのね。そのときにできた合コン友達のグループみたいなのがあるんだけど、みんなは通夜に参列したみたいだから、なんか自分だけ行かないっていうのも薄情に思われそうで、線香だけでもと思って来たんだって。

「合コンっていっても、あたしには全然いいことなかったんだけどね」堀切由香は、ちょっと自嘲気味に言ったわ。

そういうのは、どうでもよかった。タンザニアの今日の天気ぐらいどうでもよかったんだけど、たまみは、よき子の大学生生活に関してはおおいに聞きたかったの。もしかしたら、よき子の死因についても堀切由香がなにか知ってるかもしれなかったし。

「訃報のはがきには心不全で亡くなったって書いてあったけど、入院とかしてたのかな」

なるべく直球にならないように、たまみは聞いたわ。

堀切由香から話を聞き出すのは簡単だった。話したくて話したくて仕方がないみたいだったんだもの。たまみみたいに顔を合わせることも滅多になくてネットワークを持たない女なんて、絶好の王様の耳はロバの耳の穴なのよ。

「拒食症で死んだんだと思うよ」堀切由香は、そう言ったわ。

たまみは足が止まりそうだった。だって、半年前に見かけたときには拒食症みたいな雰囲気は皆無だったんだもの。よき子は、きれいだったわ。

たまみは動揺を隠そうとしたんだけど、足がもつれてしまって転びそうになってしまい、堀切由香に「大丈夫?」と言われてしまったの。衝撃を受けたことをさとられて堀切由香が身構えてしまうのではと、冷や汗をかきそうになった。けれど、そんな心配は無用だったの。堀切由香はたまみの様子になんか、たいして注意を払っていないみたいだったのね。

「最初にやせたまではよかったんだよ。大学1年の終わりぐらいかな、ダイエットクリニックに通って、食事制限とか有酸素運動とかやって、月に3キロぐらいずつやせてったの。

するっと魔法みたいにやせてったんだよね」

堀切由香は簡単に言ったけれど、たまみには、よき子が一番地道で努力上等な方法によってやせたことがわかった。並大抵の努力ではなかったんだって。それにしても、そこまでの努力をさせた原動力ってなんだったんだろう。あの、食欲中枢に打ち寄せる怒濤を乗り越えさせたものって。

「崎田ゆうに憧れて、やる気出したみたいだよ」堀切由香は嘲笑気味に言ったわ。

「女優の、崎田ゆう？」

「そう」堀切由香は、短く答えて沈黙した。ちょっとにやけた目でたまみを見たわ。ぜんぜん似てないけどね的な空気を伝えようとしてきたのね。

「なんか、ピンと来ないな」たまみは堀切由香のにやけ顔をスルーして言ったわ。「崎田ゆうへの憧れだけで、そんな地道なダイエットしたの？　それに、遠藤さんが崎田ゆうに憧れるってこと自体、なんか意外だなぁ」

崎田ゆうは細くて美人だけど、ぎりぎり不思議ちゃんではないぐらいの、のほほんとしたキャラなの。ちょっとイラつくぐらいゆっくりしゃべるし、よき子と全然かぶらないなってたまみは思ったわ。よき子のイメージといえば、敵と見たら頸動脈をスパッと切り血飛沫を浴びた顔でニヤリと笑う巨デブの女刺客よ。

「そうかな。前から崎田ゆうがラブでラブで仕方がない感じだったけど。洋服とか髪型もめちゃくちゃ真似してたし」堀切由香は、よき子の崎田ゆう好きはみんな知ってるよみたいな顔をしたの。

たまみは、自分より堀切由香のほうがよき子について何倍もよく知っているんだと改めて思ったわ。そして、カミソリみたいなよき子も、女優に憧れるよき子も、どちらも本当の一面、本当のよき子なんだろうなって思ったの。自分の知らないよき子がいて、自分の知らない局面を迎え、死んでいったんだと。

「本人は隠してたけど、崎田ゆうのファンブログやってたんだよ。すごい熱心に書いてたみたい。映画とかドラマとか全部見てチェックしてて」

「遠藤さんが、ブログやってたの？」

「誰かにバレて、あたしのところにもＵＲＬがまわってきたの。ちらっとしか見てないけど、あれは絶対、よきちゃん。ニックネームからしてヨッキーだし。ヨッキー＋崎田ゆうで検索すればすぐ見つかるよ」

それから堀切由香は、よき子が死ぬ前の様子について話しはじめたわ。

よき子は確かに努力してやせて、きれいになった。きれいになったら、巨デブだった頃の毒がすっかり抜けた感じになったらしいの。そして、けっこう異性に積極的になったみたいなのね。脂肪の下に隠れた本当のよき子が出現したんだと、堀切由香は思ったんだって。

「でも、太ってた頃のよきちゃんがゼロになったわけじゃないんだけどね、合コンとかすごい手際で仕切ってたし。もともと、人をまとめるとかがうまかったじゃん」

きっと合コンでも女王的風格だったんだろうって、容易に想像できた。堀切由香はお調子者なのを買われて合コンに招集されてたんだろうなと、たまみは思ったの。適材適所を配置することにかけては、よき子は中学生の頃から卓越して上手だったわ。

「それでね、よきちゃんについに彼氏ができたんだよ」堀切由香は言った。「それがさぁ、よきちゃんってあれだけ口とか達者なのに、いざ恋愛になったらぜんぜんダメでさぁ。ものすごく不器用なんだよね」そう言って、ちょっと笑ったのね。

当たり前じゃん。たまみは、そう思ったわ。

不器用だって、しょうがないよ。そんなふうに笑わないでよ。

口には出さなかったけど、そう叫びたかった。巨デブが青春時代に、どれだけ恋愛的なものから蚊帳の外にされるか、堀切由香にわからせてやりたくなったわ。

みんなが愛だの恋だのできゃいきゃいはしゃいでいる間、デブなんて、ずっと犬小屋のポチだよ。というか座敷牢の狂人だよ。

大人になっていきなり恋愛市場に放り出されたって、なにをどうしたらいいか、巨デブにはまったくわからないのよ。恋愛に関しては何も知らない、すっぽんぽんの素っ裸よ。大人の姿で素っ裸のまま産み落とされて、そんな状態でなにをどうすりゃいいのか、そんなのわかるわけないいわ。それがわかるのは、ターミネーターぐらいよ。

堀切由香の話によるとよき子は、イベント関係の仕事をしているとかいうチャラめの男にコクられて、すぐにつきあいはじめちゃったそうなのね。しかも、メロメロにとろかされてたらしいの。

「見ててイタくてさ」堀切由香がそう言って笑うと、たまみは自分のことを笑われてるみたいで耳が熱くなったわ。たまみだって、拓也にメロメロにされてたんだものね。

ところが、ところがなの。ここからが、たまみと全然違うところなの。

つきあったチャラ男が4マタぐらいかけてたことが、ある日突然発覚したのね。よくあるといえばよくある話よ、でも、よくある話だからといって、免疫のないよき子が半狂乱にならないわけはなかったのね。

「そのちょっと前ぐらいかな、そういえばよきちゃん、細川さんとすれちがったみたいなこと言ってたかも」そう言われてたまみは「その頃だったんだ」と思ったわ。たまみが見たのは、奈落の底に落ちていく、その前夜のよき子だったのね。

チャラ男の4マタ発覚により取り乱したよき子は、チャラ男の愛情を確かめようとしたみたいなの。そしたらチャラ男は「他の女はモデルレベルの体だけど、おまえだけデブなんだよな」って言ったの。まぁ、もちろん最低なんだけど、こういう男を最低だと責めても仕方がないわけで、要は自分がどうするかの話でしょ。

よき子は巨デブ時代のスイスアーミーナイフの切れ味をよみがえらせて、チャラ男の肝臓をひと突きにするか、睾丸(こうがん)を切り取るかするに違いない女だった。本来なら絶対にそうする筈だったんだけど、恋愛がからんだ場合においては違ったの。それでも愛してほしいみたいな方向に驀進(ばくしん)したのよ。もっとやせればチャラ男の愛情を取り戻せると思い込んで、過酷なダイエットに手を出していったそうなのね。

「あんなにやせたのに、デブとか言われちゃうんだ」たまみは、慄然としたわ。

脱デブした人に冗談や軽口でデブとか言っちゃ、だめなのよ。

デフォルトがデブな人間は、それだけで揺らいでしまうの。座敷牢の格子(こうし)越しにギラギラと世間を見ていた頃の自分が目を覚ますのよ。とにかくよき子は、自分はまだ足りない、まだきれいじゃないんだって思い込んじゃったの。

どこまでやせればキレイなのか、デフォルトがデブな人間にはわからないの。病んだ彫刻家なのよ。どこまで彫れば丸太から美しい菩薩(ぼさつ)が現れるんだろうって、わからないから彫りまくっちゃうのね。ましてや、ぞっこん好きになったチャラ男から言われたら、命を削ってでもやせようとしてしまうわ。脱デブに成功して充分に普通だったよき子でもよ。

「それがさぁ、今度はいくら頑張っても、全然やせなかったんだよね」堀切由香が、薄ら笑いを浮かべてそう言った。たまみは、思わずキッとにらんでしまったわ。

ダイエットって、頑張っても頑張っても全然やせない時期もあるのよね。自分を責め、呪い、嫌う気持ちを抱えながら、闇の時間を生きなきゃいけないの。苦しみを知っているたまみには、それを笑うことが許せなかったのよ。たまみの顔を見て堀切由香は、さすがに笑って言うことじゃなかったと思ったらしくて、ちょっとシリアスな顔になったわ。

「それからよきちゃん、なんか異常な感じになってさ」

焦ったよき子はいかにも危なそうな中国製の痩身薬とか、そういう類のものにもどんどん手を出して、体中に斑点が出て倒れ、病院に運ばれたりもするようになったそうなのね。そのあと食べ物をぜんぜん食べなくなったり、食べても吐いたり、そこからはあっという間だったらしいの。

恋さえしていなければ、ああ、恋さえしていなければ。

よき子のことだから、きっと冷静に対処できたのかもしれなかったわ。恋さえしてなければわかることなのに、恋をしてしまうと迷走するしかなくなるの。恋は一種の狂気だって、シェイクスピアも書いてるじゃない。

「合コン友達がさ、さすがに心配になって無茶はやめなよとか言ったんだけど、よきちゃん、キレて皿とか投げつけてきたんだって。もう誰も怖くて近寄れなくなっちゃって。最後に見たときはね、ガリガリのミイラみたいになってたの。あたし、泣きそうになっちゃって、ちょっとずつ食べられるものをいろいろあげたんだよね。たまごボーロとか、一口饅頭とか、そういうやつ」堀切由香は、さっきまで笑っていたことへのエクスキューズなのか、ハンカチで目を押さえたわ。


よき子の家は、古びた木造の平屋だった。

全体的に暗く汚いグレーみたいな色合いで、家の中も薄暗いんだろうなぁと思っちゃうような、この中でなにか楽しいことが起きるなんて想像できないような家だったのね。楽しいことがないことにかけては、たまみの家だって負けてはいなかったわ。だから、わかるの。負の感じ。体調に影響しそうなほどの磁力。悪霊みたいに憑依してきそうな淀み。堀切由香はハートが小さい女なのを隠そうともせず、緊張で顔をこわばらせたわ。たまみは覚悟しなきゃと思って、魔獣窟に入っていく勇者のように怖じ気づく気持ちを振り払ったのね。

よき子の家の玄関口は、ガタガタ音がしそうな曇りガラスを張った引き戸だったの。酔っ払いがぶつかったら割れるだろみたいな感じだった。たまみは手の甲でガラスを軽くノックしたの。曇りガラスの向こうでカーテンが動いて、ガラスのグレーの色の中に手の肌色がにゅっと現れた。その手は鍵を開けて、続いて引き戸を開いたわ。

出てきたのは喪服を着た、1ミリも愛想がない中年女だった。縮れたぼさぼさの白髪の中に顔があって、まるっきりよき子と同じ顔だったわ。お母さんに間違いなかった。たまみは、山岳の中腹をさすらう遊牧民のおばさんを想起してしまったの。山羊を奪い去ろうとする盗賊を吹き矢で殺すとか、そういうことを日常的にやっていそうに思えたのよ。

線香と菊と百合(ゆり)の匂いが、まず鼻を占領したわ。その匂いに紛れてはいたけど、古い家の匂いもした。ぱさぱさになった畳の匂い、油っぽくなった柱の匂い、かびの匂い。

たまみは、この家の中でよき子が心の刃をシャコシャコ研いでいるところを想像したわ。

堀切由香はただ、ハンカチを口にあてて固まってた。

「このたびは、本当になんと言ったらいいか。お悔やみ申し上げます」ちょっとしどろもどろ気味だったけど一応ちゃんと挨拶できたたまみを、お母さんは無言で睨んだわ。

「あの、仕事でお葬式に来られなかったので、お線香を上げさせてもらえたらと」たまみがそう言うと、お母さんは奥に向かって「よき子に線香だって！」と叫んだの。奥から人が動く音が聞こえてきたわ。お母さんはそれ以上なにも言わずに引っ込んでしまったのね。堀切由香が小声で「山姥みたいだったね」と言ったわ。

ふたりが戸惑いながら待っていると、学生服を着て分厚いレンズの黒縁メガネをかけた男の子が出てきたわ。小学生みたいな身長だった。

「あ、姉のお友達ですか」男の子はたまみ達とまったく目をあわせないまま、そう言ったの。この子、よき子の弟だったのよ。ぜんぜん似てないけど。

「はい、お線香を上げさせていただけないでしょうか」たまみは思わず、弟を凝視してしまったわ。

「ああ、お線香ですね」と、弟はたまみ達を案内してくれた。

弟は「お線香あげるんですよね、お線香、いっぱいあるんですけど、いっぱいありますから、お線香あげるんですよね」とか、下を向いたままブツブツつぶやいてる感じの子だったのね。

その弟のあとについて、祭壇がある居間に向かったの。居間に入ると、襖の向こうからいびきが聞こえてきたわ。初七日にもなっていない、お骨がここにある日の真っ昼間に誰が寝てるんだろう。たまみはちょっと怖くなって、堀切由香をちらっと見たんだけど、彼女はあからさまに来なきゃよかったぐらいの顔をしてたわ。

なんといっても、よき子の弟は異様な感じがしたの。おどおど目が泳いでいて、たまみが視線を合わせようとすると、その眼球が恐ろしい速度で左右に動くのね。真似しようとしても絶対できないぐらい、速く動くの。ガリガリにやせた背中が丸まってて、小さくて、濡れた猫みたいだったわ。なんだか、汗なのかおしっこなのかわからないみたいな臭いもしたしね。姉の死を悼んでる感じはあんまりしなかった。自分のシールドみたいなものに閉じこもっていて、姉の死もシールドの外で起きたことみたいに思っていそうだったの。

表情が、ちょっと痛々しい。すごくデリケートに扱ってあげなきゃいけないんだろうけど、いくらそうしても絶対伝わらないだろうし、なんにしてもこの子は怯え続けるんだろうな。

たまみは、なんだかわかる気がしたの。この表情で、ぜんぶ伝わってくる気がしたわ。うすら笑いを浮かべているけど、楽しいわけじゃない。姉が死んだんだし、楽しくて笑ってるわけじゃない。この世のなにもかもが怖いから、うすら笑いでも浮かべないと生きていけないんだね。

この家の中の、そしてたぶんクラスでも最弱の存在として、この弱々しい弟はいろいろな目にあってきたに違いないわ。逃げる場所なんかどこにもなくて、あっても飛び出していく力なんかないし、このうすら笑いが彼のたったひとつのシールドなのね。薄笑いをやめたらぜんぶ、崩れちゃうの。そんな貧弱なシールド、すぐ壊れるのに。

よき子の遺影は、一番きれいだったときのよき子だったわ。「よかった」と、たまみは思ったの。それが家族じゃなくて葬儀屋が選んだものだったとしても。

お骨の前で手を合わせて弟に香典を手渡すと、堀切由香は速攻で帰る態勢だった。でもたまみは、一言でもいいから弟に聞きたかったの。

「あの、お姉さんはどんなふうに亡くなったんですか？　はがきには心不全て書かれてましたけど、拒食症気味だったって言ってる人もいて。本当はどうだったんだろうって」

たまみの問いに、弟はトイレの場所でも聞かれたかのように軽く答えたわ。

「拒食症で死んだんじゃないですかね」そう言って弟は、キヒッと笑ったの。

目は笑っていなかった。いままで聞いたことがないような、一生忘れられないようなキヒッだったわ。いつ処刑されるかわからないナチス収容所の囚人が将校に呼ばれた時ぐらいの、ものすごい緊張とストレスから出た声みたいな気がしたの。「今日は私まだ殺されませんよね」みたいな。たまみがそんなに怖いはずないんだけど、この子にしてみればきっと誰も彼もが怖いのね。

「死ぬ前は何を口に入れても全部吐くって言ってたし、吐きながら白目むいて痙攣してる時もあったですね。何回も倒れてたし。ネットで調べたけど、そういうの拒食症とか摂食障害ですよね」弟はそう言いながらも眼球を動かしていて、うすら笑いも浮かべ続けていたわ。

「しょうがないですよね。まぁ、太ってたときからそうでしたけど、突然キレて熱いお茶を僕にかけたりですね、ダイエットしてからはもっと僕にひどく当たり続けて、ひどいこともいっぱい言われましたしね。そういう人だから、死に方もこういうのでしょうがないですよね」

静かな怒りを語りながら、ガリガリの小さな弟はキヒキヒ笑いを挟んでくるの。聞いているのは、つらかった。誰も彼もが怖いという気持ちの奥から、自分がされてきたことを誰かに知ってほしいという切望が顔をのぞかせてたの。でも、簡単に救ってはあげられないぐらい、彼の闇は深そうだったわ。

「じゃあ、心不全で亡くなったっていうのは……」たまみがそう言うと、弟は眼球を動かしながらたまみのほうを向いて、ニヤリと口角を上げて笑ったわ。

「病院でね、死因に拒食症とは書かないんですよね。あ、診断書にですけどね。なんででしょうね。死因とかちゃんと調べるのかと思ったら、調べないですね。あんまりはっきりしないものは、ぜんぶ心不全とか呼吸不全て書いちゃうんですよね。まぁ、人が死ぬなんて当たり前の場所だから、いちいちやってらんないんでしょうね。だから、日本には拒食症とか摂食障害で死んだ人は皆無なんでしょうね。どこにもカウントされないですからね。家族も隠そうとしますしね。うちだって、あんまりおおっぴらには言わないですからね。広まっちゃうと、いろいろ言われちゃいますしね」

よき子の弟は、おおっぴらにはしないと言いながら、姉のバカな死に方について誰かに話したくて話したくて仕方がなかったように見えたわ。姉のことを、怨んでるんでしょうね。

17

自分の部屋のPCで検索してみると、よき子のブログはすぐに見つかったわ。堀切由香は崎田ゆうのファンブログだと言っていたけれど、実際に見てみたら、よき子は死の直前までブログ記事を投稿していたの。はやる気持ちを抑えて、たまみはいちばん古い記事から読んでみることにしたのね。

それは2年とちょっと前に書かれたもので、大学に入ってすぐぐらいの頃。まだ巨デブだった頃の記事よ。

その頃の記事は、どれを見ても崎田ゆうだらけだった。かわいい、服のセンスがいい、演技と歌がうまい、などなどの賛辞が延々と綴られていたの。ちょっと、うんざりするぐらいだった。出演した映画やドラマのレビューを丹念に書いてあったんだけど、それも崎田ゆうに激甘で、レビューになってなかったわ。頭痛がするぐらい甘いんだもの。

よき子はたぶん、ときどき崎田ゆうになっていたんじゃないかと、たまみは思ったの。よき子にとって崎田ゆうは、もうひとりの自分、空想上の自分。自分を嫌う気持ちを、崎田ゆうになることでまぎらわすことができたのね。

そして、それだけに崎田ゆうは、よき子の欠落感の象徴でもあったの。こういうふうになりたかったけどそうはいかなかったみたいな、手に入らなかった幸福の象徴だった。崎田ゆうの美しい笑顔の画像を見ると、たまみはちょっと、胸がしめつけられるような気持ちだったのね。

そんな気持ちで読み進めていくとそのうち、凍りつくような投稿が目に入ってきたの。

「崎○ゆう、死ねばいいのに」

食べてたバナナクリームチーズマフィンを手から落としそうになったわ。

「なにごとなんだろう」読んでみると、よき子はこの日、目的は不明だけど代々木（よよぎ）公園に行っていて、そこでグラビアかなんかの撮影中だった崎田ゆうと遭遇したらしいの。なんという偶然かと神の恩恵を感じながら、よき子は原宿駅前のポップコーンの店までデブ全速力で走ったのね。崎田ゆうに捧げるキャラメルクリスプポップコーンを買うためよ。午前中だったからまだ行列になってなくて、よき子は神はいるんだって思ったんだって。それでまた袋をひっつかんで、狂ったアフリカ象みたいに走り、撮影が終わってませんように、終わってませんようにと祈りながら現場にたどり着くと、まだ崎田ゆうはいたの。

よき子は汗みどろになったデブ顔を近づけて「大ファンなんです」と言い、ハラホレヒロハラになりながらキャラメルクリスプポップコーンを差し出したの。なんだけど、崎田ゆうのリアクションに、よき子は息の根を止められそうになったのよ。崎田ゆうはニコリともしないで言ったらしいのね。

「私、太りやすいからお菓子とか食べられないんですけど」

ものすごく、しょっぱい声で。

ブログには「キャラメルクリスプポップコーンを受け取ってもらえず、失禁しそうなほどショックだった」と書かれていたわ。失神でいいのに、失禁て書いてあったの。

「じゃあてめぇ、超精製ロイヤルアイスクリーム極乳みたいな1カップ600キロカロリーもあるような食い物のCMとか出てんじゃねぇよ。てめぇが食いもしないもの売りつけやがって、そこいらの小汚ねぇドブネズミ以下の詐欺師じゃねぇかよ。くそが。すべての高カロリー食品のCMはデブのモデルを起用しろ。細いモデルの出演を禁止するよう国会で決議しろ。こういう性根の腐ったドブネズミ以下の詐欺タレントを根絶しろ。」

もうひとりの自分から突き放されたショックは甚大だったわ。

この日の記事は、これだけでものすごく痛かったんだけど、それだけでは終わらなかったの。よき子は、さらに傷つくことになったのよ。

この記事にコメントをつけてきた人がいたのね。たぶんその人も崎田ゆうのファンで、よき子が崎田ゆうの悪口を書いたことが許せなかったみたいなの。その人は、よき子の喪失感なんてわからずに、ただただよき子を非難したのね。

「崎○ゆうさんは悪くないと思いますけど。タレントへの差し入れなんてファンの自己満足じゃないですか。やめてほしいと思うタレントさんは他にもいると思います。CMに関してても仕方ないです。好きじゃないもののCMだって、仕事ならやりますよ。サラリーマンだってスーパーの店長だって、好きじゃないものも宣伝して売ってますよね。稼げるうちに稼がなくちゃとタレントさんだって思いますよ。一般に思われてるほど、タレントさんはいっぱいお金もらってるわけじゃないんです。たいていは月給制で、そんなにもらってないんですよ。30代後半になっても仕事がたくさんある人なんて一握りで、そうなれるって保証はないし、やっぱり若いうちに稼ぎたいですよね。もっと冷静になって、ひとりよがりもほどほどにしてください。」

このコメントに対して、よき子は火焔（かえん）を吐くような返信をしていて、これこそがまさに、たまみが知ってるよき子という感じがしたわ。

「申し訳ないですが、コメント読んで笑いました。水戸黄門（みとこうもん）とかそういうドラマに出てくる寒村の百姓の父ちゃんみたいな、世間様にさからうなみたいなコメントですよね。菓子のCMに出てるタレントが一般消費者に向かって菓子を食べないと言い放つのは、消費者も広告主も裏切る無責任な行為です。だからCMなど出るなと書いたのです。スーパーの店長にしたって、お客に対して、私はそんなもの食べませんがなどと言いながら売っていたりしますか？　クビですよね、そんな店長は。

そもそも芸能人の生き残りが大変とか、私になんの関係があるんでしょうか。いやでいやで仕方ないのに兵隊にとられるみたいに芸能人になる人などいないんです。熾烈（しれつ）な競争があるのを知っていて自分から芸能界に飛び込んだ人が芸能人なんです。なんの縁もない私がそこに義理を感じる必要は全然ありません。義理を感じてほしかったら、ファンに愛想よくするのが当たり前。どんな商売でも当然のことです。そうしなかった彼女に対して私が批判的に書いたからといって、あなたに非難されるいわれはありません。

コメントを拝読して思ったんですが、どこかでいろいろな人が言ってきたことをサル真似して書いているだけですよね。やっぱり知能が低いんでしょうか。知能が低い人ほど、他人の口をふさごうとしますよね。サル真似してるだけなのに、ものごとがわかっているような気になっていると、サルのまんま人生終わりそうですね。もうちょっとご自分の頭で考える努力をして書いていただかないと、サル回しのサルに言われているようにしか感じません。私はサルの意見は必要としないし、サルに黙らされることもありません。」

よき子がこんな反論を書いた数時間後、コメントを寄せてきた崎田ゆうファンからは、短くてシンプルで最悪な返信がきていたの。たぶん、過去の記事に貼られているよき子の後ろ姿の画像を見たのね。

「うるせえよ、デブ。」

たまみは、肝臓を鷲掴み(わしづか)にされた気分になった。よき子も同じだったでしょうね。

遠藤さんの反論は確かにかなり言いすぎだけど、うるせえよデブ、は飛び道具すぎるよ。デブにとってはレスリングの試合に麻酔銃持ち込まれるようなものよ。訓練とか技とか頭脳がなくても一撃でデブを倒せる反則すぎる道具なんだよ。誰かが一言デブと言っただけで、デブにとっては世の中全体から言われたのと同じなのよ。たまみは、そう思ったわ。

よき子も一言であしらってた。

「サル山から叫ばれても（笑）。」

この翌日、よき子はさらにひどいめにあっていたの。

「このカレー屋の歯ぐき女は、一生幸せになれない。」

すげえ書き出しだなと、たまみは思ったわ。

崎田ゆうに突っ返されたキャラメルクリスプポップコーンを、よき子は夜中にむしゃむしゃと平らげ、翌日の授業はサボることにしたのね。おしゃれして、ウィンドウショッピングでもして気分を変えようと思ったのよ。

ところが、電車を降りたところで食欲中枢が大爆発しちゃって、適当なカレー屋を見つけて飛び込んだの。そしたら、カレー屋のマントヒヒみたいな歯ぐきをした女店員が、わざわざ周囲に轟くような声で「大盛りお待たせしましたぁ」と言ったんだって。居合わせたお客は男性客ばっかりだったけど、みんな「やっぱ大盛りかよ」みたいな顔したらしいのね。

「カレー1杯さえ、デブは悪意と蔑みに晒されながら食べなくちゃならない。デブへの蔑視から デブを守ろうとする人はいない。」よき子は憤って、そう書いていたわ。

まぁ、自意識過剰と言われればそれまでなんだけど、自意識過剰にならざるを得なかったのは、前日の「うるせぇよ、デブ。」と無関係ではないはずよね。蓄積された侮辱の記憶たちに火をつけられたら、ものすごい勢いで燃え上がってしまうしね。

「あたしはもう、ダイエットする。脱デブする。」

よき子は、その翌日のブログでそう宣言したわ。その後のブログは、ダイエットの経過報告になってたの。いよいよ、よき子がジェットコースターみたいに体重を落としていく日々の記録よ。

「ダイエットするならこの方法しかない」みたいなものが、そのときのよき子的にあったらしいのね。吟味に吟味を重ねたものみたいだったの。それはクリニックでカウンセリングや点滴や食事指導を受けるものなんだけど、費用がぜんぶで42万円かかるらしいのよ。

「42万円！ 1キロざっくり1万円！ 高い！」たまみは叫びそうだったわ。

費用の捻出(ねんしゅつ)をどうしようか、よき子はじっくり検討したの。

よき子は奨学金をもらい学資ローンを自分で組んで大学に通ってたのよ。ただでさえ大変なのに、さらに42万円はハードルが高かったわ。数日間にわたって、お金を稼ぐ方法について考えあぐねる記述が続いたんだけど、ついに名案を思いついたの。

よき子は、男とチャットするネットのバイトを始めたのね。場合によっては男からの電話に出てエロい会話とかしなきゃいけないんだけど、電話ＯＫだと時給が高いの。声だけだからデブでも大丈夫だし、よき子は飛びついたのよ。まぁ、やってみて苦労が全然なかったわけではなかったんだけどね。しばらくブログには、バイトによるストレスがブチまけられていたわ。風俗に勤めるうちに心を病んでしまう女が多いと聞くけど、超わかるって。

「ちくのうみたいな声した男から、おまえデブだろと言われた。なんでですかと聞いたら、デブ呼吸だからわかるとか言ってきた。そっちはちくのうですか、膿んでぐちゃぐちゃですかと言ったらガチャ切りされたんで、ガチでちくのうだったんだと思う。」

でもね、そのうちにダイエットの効果が出てきて、よき子はやせはじめたの。よき子のブログはもう崎田ゆうのファンブログでもデブ愚痴ブログでもなくなって、ダイエット経過の喜びを綴るブログになっていったのよ。

特に、20キロ減を達成してからの記事は、はじけてたわ。自分撮り画像が満載で、自分のことを大好きになっていったのがありありとわかった。もう、崎田ゆうみたいな空想の自分は必要なくなっていたのね。1年以上にわたり、そんな至福の日々が続いたの。ダイエットの成功例としてクリニックの広告にも載ったみたいだったわ。

「ブログではまったく触れられてないけど、何度も何度も何度もやって来たはずのあの食欲中枢の暴走を乗り越えるのは、簡単ではなかったんじゃないかな」たまみは、そう思ったわ。

「あれは一種の発作だから、いつ襲ってくるかわからない。発作中に食べるのを妨害されたら、相手が白馬に乗った王子様だろうと撲殺しかねない。ゲリラみたいな食欲が襲ってくるのを我慢してたら、ちょっとしたストレスにも耐えきれなくて大爆発するんじゃないのかな。本人も苦しかっただろうけど、あの弟が生け贄になったのね。ひどい目にあわされてたんだわ。あの無抵抗でいるしかなさそうな弟が」

ブログに貼られている、よき子の笑顔。顔は隠されているけれど笑顔なのがわかる。何も知らなければ、この笑顔にどれだけの犠牲が払われたかは誰にもわからないわ。「42万円だけでもすごいけど、それだけじゃなかったんだよな」とたまみは思ったわ。

さらに読み進めると、ブログはまた違う展開になっていったわ。

そう、よき子がついに、チャラ男とつきあいはじめたのよ。

そこからの記事はもう、気でも狂ったのかぐらいのノロケばかりが綴られていて、ぶっちゃけ読めたものではなかったの。

薄汚い寄生虫レベルのチャラ男であっても、よき子にとっては初めての恋の相手よ。王子様でアイドルでヒーローだったのよ。学資ローンもあったのに、チャラ男にいろいろ買ってあげてたみたいなの。プレゼントの画像も、しっかりブログに貼られてたわ。チャラ男と旅行した画像もあったけど、費用はどちらが出したのかしら。

よき子の短い人生の、それがクライマックスだったんだと思うと、たまみは涙が出てきてしまったわ。このあと暗黒展開を迎えることがわかっていたんだもの。しばらく読んでいると唐突に、たった一言の記事が投稿されていたの。

「もう誰も信じない。」

たった一言のこの記事を投稿してから、ずっと長い間、よき子はブログを更新していなかったの。ブログには各月ごとの更新の回数が表示されているんだけど、何ヶ月もむなしくゼロが並んでた。

半年近くに及ぶ、闇のような沈黙。

その中に、よき子の呻(うめ)きが込められてた。

そして、今からほんの10日ほど前だわ。よき子の最後のブログが公開されていたの。辞世の句のような文章だったわ。

「いままで私に関わってくれた、すべての人に伝えたい。

ありがとう、そして、ごめんなさい。

私は小さいときからデブで、家族からもクラスメイトからも醜いと言われて育ちました。

誰よりもいちばん自分を醜いと思っていたのは、私自身でした。

でもね、こんな醜い自分でも、傷つけられたら痛いわけで、だから私は必死に自分を守ってきた。

バカだったから、傷つけ返すことしか自分を守る方法を知らなかったんだよね。

でも、今はわかる。私がやるべきことは、傷つけ返すことじゃなかった。

私が自分自身のことをもっと受け入れてあげるべきだったの。

デブであることは私の一側面にすぎないわけだし、他にすばらしい面だって、私にしかない一面だってあったはずなんだ。私自身がそれに気づけなかった。バカだった。

何を言われても揺るぎないぐらいの自分を築き上げていかなくちゃいけなかったの。それには、いろいろなものに挑戦したり、自分にしかできないことを見つけたりして、いろいろなことを成し遂げる経験を積み上げていかなくちゃいけなかったんだよね。

でも私は私自身を守ることしか考えなくて、武器を磨いては戦ってばかりいた。私を傷つけてきた人にどうやって何倍もの痛みを投げ返せるか、そればっかり考えてた。自分の中のすばらしい面を探さなきゃいけなかったのに、他人の欠点ばかりを見ていたんだ。

傷つけないで。

傷つけないで。

それぱっかり考えてたの。

バカで臆病だった。

ダイエットしたのだって、もうこれ以上傷つきたくないからだった。普通の体型になれば誰も私を傷つけないと思ったの。」

私も同じだと、たまみは思ったわ。

傷つきたくないから、やせたかったの。

「確かに私は、40キロ以上もやせた。でも、やせてみてわかったことがある。

私は、やせたってデブだったの。」

その言葉は、よき子が命を懸けて伝えてきた言葉のように、たまみには思えたわ。

「やせたら誰も私を傷つけないと思ったけど、違った。私を傷つけたりあざ笑ったりする人は大勢いた。それに対して私は、やっぱり傷つけ返してしまったの。

脂肪まみれだった頃と、なにも変わってなかった。変わったと思っても、それはまぼろしみたいなものだったんだ。

誰かに傷つけられると、あっというまに自分自身を醜いと思ってる自分に引き戻されてしまう。少しだけリバウンドしたり、誰かから体型についてちょっと言われただけでも、自分にはなんの価値もないと思っていた自分に瞬時に戻ってしまう。

心の中はやせる前と、なんにも変わっていない。でも体がやせたあとのことは、42万円払ったクリニックじゃカウンセリングしてもらえない。

私は恋人からデブと言われただけで、恐怖ですくみあがった。

そんな私を見て、みんな陰で笑った。友達ヅラで心配しているみたいなことを言ってきた奴ら、あいつら本当は私を笑ってた。金魚のフンみたいに私にくっついていたくせに、ピンチに陥った私を笑ったんだ。

私の頭の中は、あいつらに報復することと、もっとやせなくちゃという焦りでいっぱいになった。デブだった頃となにも変わらなかったの。

絶食して、漢方薬みたいな薬を飲んで、体調が悪くなって、拒食になった。そうしてでもやせたくて、ついに自分を壊してしまった。

バカなことをした報いで、入院しなければならなくなると思う。もしかしたら、大学も辞めなきゃならないかもしれない。そうなったら、もう取り返しがつかないかも。

でも今は、健康を取り戻すことだけ考えます。

すこし、ゆっくり考える時間ができたんだと思おう。

この気持ちだけは書き残しておきたかったの。

ありがとう。ごめんなさい。

元気になったら私は、今度はゆっくり変わっていきます。」


心に鉄のかたまりみたいなものをねじ込まれたような気がしたわ。気持ちが重くなりすぎて、そのせいで体重が増えたような感じがした。

私も、やせれば何もかもが変わるんじゃないかって思ってた。やせさえすれば。よき子に、やせ方を教えてもらいに行くはずだった。でも、よき子が教えてくれたのは、やせた先にある暗い深淵（しんえん）だったの。軽く受け流すことはできなかったわ。だって、よき子は命とひきかえに教えてくれたんだもの。

よき子とは仲良しではなかった。でも、よき子はもうひとりの自分だったのかもしれない。デブを嗤う世の中で、傷つきながら、痛みと戦いながら生きてきたの。やせてもなおデブを嗤う声に追い詰められたよき子の死は、ある意味、自分の死でもあったわ。

巨デブは、どうしたら幸せになれるのだろう。

その答えを探していたよき子は、死んでしまった。

たまみは、それを探す重たいバトンをよき子から渡された気がしたの。

どうやったら、本当の意味で自分を受け入れて、力強く歩いていけるんだろう。ダイエット食品の能書きにも、ダイエット器具の説明書にも、ダイエット本にも書かれていない。クリニックの先生も、たぶん教えてくれない。誰も教えてくれないわ。

答えを見つけなければ幸せには一生なれない。でも、そんなものを自分が見つけ出せるとは思えなかったの。

じゃあ、私、なんのために生まれてきたんだろう。なんのために生きてるんだろう。

悲しくて、涙が出てきたわ。いつか自分も追いつめられて死んでいくんだろうとしか思えなかったの。死んで、誰かに「自己責任」って言われるんだろうなって。

「食べては太り、やせては食べ、死ぬまで金を吐き出し続けなさいな。」

スリムバンバンの社長夫人が、どこかで高笑いしているような気がしたわ。

「家畜が死んだところで、家畜は家畜。ブタが死んだって、誰が泣きますか？」

腹の奥から怒りがこみ上げて、巨体をアドバルーンみたいに膨らませそうだった。目からも鼻からも涙が出て三重あごを伝い、よき子の写真が表示されてるＰＣのキーボードに落ちていったわ。

「ちくしょう！」

怒りで体が膨らんでいくのに耐えきれず、たまみの口から叫びがほとばしった。

その瞬間のことよ。

なにが結びついてそうなったのかはよくわからないんだけど、拓也の言葉がたまみの脳裏をよぎったのね。

「未来に蒔かれた種」

あのとき考えたことを思い出したの。脂肪まみれで誰にも間合いを詰めさせてもらえない私だって、なにかの種なのかもしれないと思ったことを。

雷に打たれたという表現を聞くことがあるけど、たまみは今、まさにそんな衝動が体を駆け抜けていくのを感じたの。体中から電流を放っているようだったわ。目の前で何度も電流が火花を散らした。そんな光の中で、たまみは決意したの。体中から溢れる涙と思いで、なにもかもを押し流せそうだったわ。

私は今から、自分から望んで種になるんだ。

当たり前のようにデブが追いつめられていくこの世の中を、私がこの手でブチ割ってやる。

強い強い思いが脳の中でスパークして、巨体の全神経細胞にパルスがいきわたった。

それから、たまみはもう一度よき子のブログの画面を見たわ。プロフィール写真には、口元から下だけのよき子の画像が貼られてる。涙を手の甲でぬぐい、たまみは唇を噛みしめたの。

私は、やせない。
噛われるのを、もう恐れない。
どんなに嗤われても、
私だけは私を蔑まない。
私は、種になる。
バカにされながら、芽を出してやる。
嗤われながら、生い茂ってやる。
変えてやる、変えてやる、変えてやるんだ。
デブを嗤う、この世の中を。

解説

浅生鴨（作家）

僕たちはいつも「普通」に追いかけられている。「普通」でいることに必死でしがみついている。もしも「普通」でないとバレたら、たちまち異者として捕獲され、檻に入れられ、見世物にされ、相手が飽きるまで撃たれるのだから当然だ。

個性的でありたいだとか、みんな自由に生きればいいだなんて口では言いながら、僕たちは自分たちと異なる者を許さない。だから僕たちはあの手この手で自分を騙し、あやふやで曖昧な「普通」になろうとする。

けれども普遍的な「普通」なんてものはどこにも存在しない。「普通」とは数のことでしかないのだからあたりまえだ。多数側でなければ異者。そこに逃げ場はない。

記憶力が良いか悪いか。体力があるかないか。背が高いか低いか。視力が良いか悪いか。

耳が聞こえるか聞こえないか。寒さに強いか弱いか。跳び箱を跳べるか跳べないか。働いているか働いていないか。高校を卒業したかしていないか。逆上がりができるかできないか。絵が上手いか下手か。金を持っているか持っていないか。自分の足で歩けるか歩けないか。

本来あらゆるものに基準があって、あらゆるものに多数派と少数派が存在するのだけれども、僕たちは目に見えるもの、誰にでもわかりやすいものを優先して「普通」を決める。

本作『やせる石鹸』では「普通」の基準が太っているかどうかにある。登場するのはめくるめくデブたち。いや、目眩を覚えるような巨デブたちである。ドア一枚分の横幅があったり、ヒグマのような体格だったり、お菓子の家どころか魔女まで飲み込んでしまいそうだったりする、デブの上にさらに巨がつくハイパービッグサイズの御仁たちだ。

巨デブ怪獣・食べゴラスを自称する細川たまみは三色そぼろ弁当とぶっかけ素麺となめらか杏仁プリンと津軽りんごジュースを同時に摂取するほどの大食い。子どものころからデブを揶揄われ、傷つき、自分を肯定できず隠れるように生きてきた少数派だ。

あるとき、和食店で働くたまみの前に太った女性が好きだという商社マン・拓也が現れた。初めての恋に浮かれながらも、たまみは拓也からの愛の告白を拒絶してしまう。

これまでずっと「デブは見苦しい」「デブは醜い」「デブは鬱陶しい」と虐められてきたのに、いきなり「太った女性が好き」と言われても戸惑うばかりだし、ましてやたまみは「太っている私」が嫌いなのだ。「太っているあなたが好き」と言う拓也を受け入れることができなかったのだ。

デブ好きが集まるゲイバーに勤める實は、コミュニケーションが苦手なのにもかかわらずアイドル的存在として人気を集めている。そつなく仕事はこなしているものの、デブはキモいと言われ嗤われた思春期の体験から逃れられず、ずっと満たされない気持ちを抱えたままま、それでいて自分は何が欲しいのかがわからずにいる。

同僚のラミちゃんがダイエットに失敗して健康を損なったことをきっかけに、實は巨デブを追い詰め、デブに対してなら何を言ってもいいのだと言わんばかりの世の中に対してついに怒りを覚えるようになる。

こうして二人の巨デブは、やがてそれぞれに行動を開始する。

過剰なまでにデフォルメされた巨デブたちの行動と感情は、それでいて僕たちの日常とどこかつながっているようだ。それはきっと、自分を受け入れたい、誰かに自分を受け入れて欲しいという僕たち自身の切実な願いと渇望を彼らの中に見るからなのだろう。

著者の歌川たいじ氏は大人気ブログ『♂♂ゲイです、ほぼ夫婦です』で知られるカリスマブロガーであり、映画化された『母さんがどんなに僕を嫌いでも』をはじめとするマンガやエッセイなど数多くの著作を持つストーリーテラーでもある。初の小説である本作には著者の過去の体験が色濃く反映されているようだが、もちろんそれにとどまらない世界の奥行きが、生き生きとしたキャラクターを通じて僕たちの想像力を刺激してくるし、二人の人物を行き来する構成も手練れの技を感じさせる。

語り手がいわゆる神の視点から物語を進めていくのだが、なにせこの神様がオネエ言葉なのだからぶっ飛んでいる。役割語的な語りと言えば橋本治の『桃尻娘』が頭をよぎるが、あれは主人公による回想だから、本作とはやや趣が異なっている。語り手はときに登場人物の内面に入りこんだあと、再び神の視点に戻ってと、自在にその立ち位置を変えながらも、オネエ言葉はしっかり保って崩さない。しかもこの語り手が無駄に、いや無駄すぎるほどに饒舌なのである。

物語を一歩進めるたびに、語り手が自虐的なギャグだったり、意表をついた比喩だったり、思い出したような一言だったりをいちいち割り込ませてくるから、話が三歩進んで一歩戻ってまた三歩進むような不思議な浮遊感が生まれておもしろい。

　この語りは画期的な発明だと思う。けっして物語の進行を妨げるわけではなく、むしろその饒舌さがリズムをつくっていて、それこそ飲み屋で話し上手なママと常連客とのやりとりを聞いているような、あるいは寄席（よせ）で講談師の語り口を聞かされているような、ある種の心地よさにつながっている。

　オネエ言葉による語りが画期的なだけでなく、その語りが繰り出す表現も独特だ。

「厚い脂肪のせいで表情はあんまり動かない」

「マシンガン2挺（ちょう）持ちでぶっぱなすような口撃」

「いまここで死んだら走馬燈（そうまとう）にはコンビニ弁当しか出てこない」

　どこをとっても言葉選びのセンスが秀逸で、とにかく楽しいのだ。本気なのかふざけているのかがわからない、こんな素（す）っ恍（とぼ）けた表現が次々に出てくるものだから、読みながらついニヤニヤしたり噴き出したりしてしまうし、こんなふうに書くことのできない僕は、同じ書き手としてちょっとばかり嫉妬する。

　と同時に、すべてをいちいち自虐的な笑いに落とし込んでいくこの饒舌な語りの中に、僕はこれまで著者が自身の生きづらさと向きあうために、あるいは周囲の「普通」と折り合いをつけるために、長い時間をかけて身につけてきた処世術がこっそり含まれているようにも感じるのだ。満面の笑みの奥底にはおそらく一筋の寂しさが流れている。

本作にはまだ多様性なんて言葉もなかったであろう時代から異者として社会に対峙してきた著者ならではの冷徹な視点と、同調圧力の強い社会の中でなかなかうまく生きていけない者たちへの優しい眼差しが満ちあふれている。だからこそ、ユーモアとペーソスの入り混じるこの語り口がリアルに響いてくるのだ。


物語の中でたまみと實をつなぐ一本の横糸となるのは、かつての同級生である遠藤よき子。中高時代巨デブだったよき子は過剰なダイエットによって痩せた体を手に入れるが、その結果、命を落としてしまう。よき子は「普通」になるために、自分を変えることを自分に強制し続けたのだ。

けれども異者が異者でなくなる方法は、何も自分を変えるだけではない。自分を少数派に置く社会そのものを変えたって構わない。

やがてたまみはそのことに気づく。

「やせれば幸せになれるのか」

遠藤よき子の遺したブログを読んだたまみの頭に浮かんだ疑問は「普通」であれば幸せなのかを問うている。

僕たちは誰一人「普通」なんかじゃない。異者のままの自分を好きになればいいのだ。
そしてこのあと巨デブたちはそのための闘いを始めるのである。

二〇一五年八月　ＫＡＤＯＫＡＷＡ刊

※この作品の本文中には、今日の観点からすると不快・不適切とされる呼称や表現が使用されています。また、物語の特質上、登場人物が自らを語る場面などで、容姿、性別、性的指向・自認などについて、偏見やこれに基づく侮蔑ととられかねない表現が用いられています。しかしながら、作品の根幹に関わる設定や表現であることを考慮し、あえてそのまま使用いたしました。差別や偏見の助長を意図するものではないことをご理解ください。

（編集部）

光文社文庫

やせる石鹸（上）　初恋の章

著　者　歌川たいじ

2023年 2 月20日　初版 1 刷発行

発行者　三　宅　貴　久
印　刷　堀　内　印　刷
製　本　榎　本　製　本

発行所　株式会社　光　文　社
〒112-8011　東京都文京区音羽1-16-6
電話（03）5395-8149　編　集　部
8116　書籍販売部
8125　業　務　部

落丁本・乱丁本は業務部にご連絡くだされば、お取替えいたします。
ISBN978-4-334-79497-2　Printed in Japan

組版　萩原印刷